鬼の花嫁～仙桃艶夜～

Hana Nishino
西野花

CHARADE BUNKO

Illustration

サクラサクヤ

CONTENTS

さっきからひどい頭痛がする。

目の前では、僧侶《そうりょ》が低く唸《うな》るような声で経を唱えていた。その響きが頭の中をぐるぐると回るたびに、身体《からだ》を上から大きな手で押さえつけられるような感じを覚える。

――ありがたいお経なのに、どうしてなのだろう。

これはお前を守るためのお経なのだよ、と言われ、幼い頃から定期的に聞かされ続けていた。だが、成長するにつれて、身体の中に生まれた違和感が少しずつひどくなっていくような気がして、桃霞《とうか》は伏せていた目をぎゅっと瞑《つぶ》るようにして耐えた。

やがてふつりとその声がやみ、余韻を残した静寂が部屋に広がる。今回も終わった。桃霞は思わずそっと息を吐いて、こちらに向き直った僧侶に、床に手をついて深く頭を下げる。

結い上げた長い黒髪が、その拍子に肩からさらさらと流れ落ちた。

「――もうすぐですな」

「はい」

桃霞はこの年に十八歳となった。旅立ちの日まで、あと幾日もない。

「心をしっかり持つのです。そうすれば、必ず光は見えます」

「はい。長い間、ありがとうございました」

桃霞は今一度低頭する。頭痛はあらかたなくなっていた。ただ、身体の芯《しん》に重いものが残っているだけだ。

僧侶が立ち上がったのにならい、桃霞も身体を起こして立ち上がる。襖《ふすま》を開けると、そこには桃霞を育ててくれた老夫婦がいた。

「叡現《えいげん》様、ご苦労様でございました」

「拙僧の役目はすべて終わりました。あとは、桃霞殿のお心次第です」

そう、憂鬱《ゆううつ》だった経もこれで最後だ。けれど、桃霞の心は晴れることはない。

叡現は都の大きな寺の僧侶で、桃霞にお経を授けるために定期的にこの家を訪れていた。

そんな高名な僧が、どうして都の外れの里までわざわざ足を運んでくれるのか。

ずっと不思議に思っていたが、それはきっと、自分がこれから鬼に捧げられるからなのだろう。

「本当に不憫《ふびん》な子だよ」

翁が桃霞を見て、しみじみと呟《つぶや》く。それは物心ついた時から、数えきれないくらいに聞かされてきた言葉だった。

自分は憐《あわ》れな、不憫な子。

それは、鬼への生け贄《にえ》となるから。そして、こんな身体に生まれてしまったから。

憐憫《れんびん》の眼差《まなざ》しが自分に注がれるたびに、桃霞はひどく居心地《いごこち》の悪い思いを感じて、細い肩をそっと竦《すく》めるのだった。


桃霞には両親がいなかった。

育ててくれたのは人のよさそうな老夫婦だったが、彼らは善良で、桃霞は特に虐《しいた》げられることもなく、大事に育てられてきた。

ただ、桃霞は同じ年頃の子供たちと遊び回ることもなく、まるで人目を避けるようにして家の中に『匿《かくま》われて』いたのだ。

垣根の向こうから聞こえてくる楽しそうな声に、自分も一緒になって遊びたいと駄々をこねたことを覚えている。そのたびに、育ての老夫婦はひどく困った顔をして、お前は普通とは違うから一緒には遊べないんだよ、と諭された。

それでも庭などに出ていると、時々人の気配がして、視線を向けると垣根の間から人がこちらを見ていることがある。だが、彼らは桃霞と視線が合うと、そそくさとその場を立ち去ってしまうか、あるいはそれが複数の場合だと、あからさまにひそひそと何かよくないことを言われる場合もあった。「あれが鬼の……?」「そう、生け贄だよ。怖い怖い」そんな言葉が聞こえてくるたび、桃霞は不審な思いにかられた。ひどい時には小石などが飛んでくることがあって、それで怪我《けが》をしたりというようなことはなかったが、向けられる害意は幼い桃霞をひどく傷つけた。

自分のどこが普通とは違うのか。その時の桃霞には、よく理解できなかった。

だがある日、都からやってきた叡現という僧侶が、桃霞と同じ年頃の男の子と女の子を連れてきた。

「この子らは、寺で面倒を見ている子供たちです」

襖と障子をぴったりと閉め、叡現は連れてきた二人の男の子と女の子に、着物を脱いで裸になるようと指示を出す。

いったい何が始まるのかと茫然《ぼうぜん》としている桃霞の前で、二人の子供は衣服を脱ぎ、その身体を桃霞の前に晒《さら》した。それこそ、隅々まで。

そしてこの時、桃霞は初めて知ったのだ。自分以外の人間は、こういう形をしているのだと。

――――こんな姿をしているのは、自分だけ。

俯《うつむ》いて震える桃霞の前で、二人の子供は着物を着る。そして叡現が、憐れむように、可哀想《かわいそう》なものを見るような目で、桃霞に話しかけた。

「桃霞殿は人と違う。だからおいそれと人と関《かか》わってはいけませんよ。それはその人だけではなく、桃霞殿も傷ついてしまうことになりますからね。可哀想なことだけど」

今にも零《こぼ》れ落ちそうになる涙を必死で堪《こら》えながら、桃霞はこくこくと頷《うなず》く。その言葉の意味はよくわからなかったけれど、自分が異質だという事実を理解するには充分だった。そして異質な存在が他人には受け入れがたいものだということは、これまでの老夫婦の、親切だけれども他人行儀な態度や、家に訪ねてくる村人の桃霞を見る目の色などでなんとなくわかっていたのだ。

そして男女の子供二人を部屋から出した後、叡現はこの先の桃霞が辿《たど》る運命を話してくれる。

「桃霞殿は十八歳になったら、鬼牙島《おにがしま》というところに行きます」

「……おに……がしま……?」

「鬼というのを、聞いたことがあるでしょう」

その言葉を聞いた時、桃霞はぶるっ、と身体を震わせた。

鬼は異形の、恐ろしい生き物。人の世界に現れては、疫病を流行《はや》らせたり、人を殺《あや》めたりする。鋭い牙《きば》と爪《つめ》と二本の角を持ち、醜い形相をして、見る者の血を凍らせるのだと、外で遊びたいと泣いてわがままを言う桃霞に、老母が話して聞かせてくれた。言うことを聞かない子は、鬼が連れていってしまうよ、と。

「鬼牙島は、その鬼たちが住んでいるところです。あなたは珍しい貢ぎ物として、その鬼の首領のもとに、嫁いでいかなければなりません」

「……いや……」

そんな恐ろしい鬼のところに、たった一人で行かなければならないなんて。

そこで桃霞は初めて、村人たちが自分に対し言っていた意味を理解できた。「嫁ぐ」という言葉には違和感があったが、恐怖の方が強くて嫌悪を感じる隙間《すきま》もなかった。

そこで自分はどんな目に遭うのだろう。何か、とてつもなくひどいことをされてしまうのではないだろうか。

叡現は、桃霞がそこに行くことで、鬼たちは人に悪さをしないという約束をしたのだと諭すように言った。自分の存在は、他《ほか》の人のためになるのだと。

けれどあまりの衝撃に、その時の桃霞は叡現の話が半分も頭に入ってはいなかった。

叡現が帰り、入れ替わるようにして老母が部屋に入ってくる。その膝頭《ひざがしら》で、桃霞は声を上げて泣きじゃくった。怖くて、怖くて、そして悲しかった。

「ごめんねえ、桃霞……。こんなことになるとわかっていたら、お前に鬼の話なんかしなかったのに」

丁寧に頭を撫《な》でながら慰めてくる老母に、桃霞はふと疑問を抱いた。彼らは、いったいどういった経緯で自分を育てることになったのだろうか。そもそも、さっき来た僧侶は、どうしてここへやってきた？　この老父母が呼んだのだろうか。

だが、この時の桃霞は、そんなことを気にしている余裕などなかった。どんなに嫌だと訴えても、老母はごめんね、可哀想にね、と、繰り返すばかり。お前をそんなところへやらないとは、決して言ってはくれないのだ。

やがて泣き疲れ、眠りに落ち、桃霞はそのまま高熱を出した。

夢の中で見るのは恐ろしい鬼に追いかけられる場面ばかりで、ずっとうなされていたような気がする。

そして三日三晩寝ついて、ようやく熱が下がって起き上がれるようになった時、桃霞の瞳《ひとみ》からは、もう一滴の涙も零れなかった。

その時の桃霞の中に残っていたのは、諦念《ていねん》だった。

自分は人と違う醜い存在だから、醜い鬼に捧げられる。それは多分、仕方のないことなのだ。

残酷な運命を受け入れようとして、桃霞はそんなふうに自分を納得させた。

十八になるまで、あと九年。

それまでに自分に何ができるだろうかと、桃霞は漠然と思った。

「身体に気をつけてね」

「くれぐれも、無茶はせんでな」

旅立ちの日、桃霞のもとには、ひと揃《そろ》いの旅装束が届けられた。小袖《こそで》に美しい刺繍が施されたそれは、先日、都からの使者が持ってきた包みの中に入れられていたものだろう。その意味は考えないことにして、桃霞は老父母から手渡されるままに身につける。

「なんと美しいこと」

「嫁ぐ相手が鬼でなければ、これほどめでたいこともないのにのう……」

ぼやく翁の声に、桃霞は小さく笑ってみせる。やはりこの人たちにとって、桃霞はこういった認識なのだ。だが、着たくないと反発することはできなかった。おそらく、これきり会えなくなるだろう。思えば、赤の他人、それもこんな薄気味の悪い姿を持つ自分を、餓《う》えさせることもなく、ここまで育ててくれた。

彼らが、誰《だれ》かの命によって自分を預けられたことは薄々気づいてはいるが、そういったことはもうどうでもいい。

「お爺《じい》さん、お婆《ばあ》さん、今まで、お世話になりました」

ありがとうございました、と桃霞が頭を下げると、彼らは途端に申し訳なさそうな顔をする。あなた方がそんな顔をすることはないのに、と桃霞は心の中で呟いた。

「鬼牙島がどんなところかは存じませんが、桃霞はきっと幸せになってみせます。鬼とて、神が創りし生き物。話が通じない道理はありませぬ」

彼らを安心させるために、桃霞はわざと明るく言ってみせる。本当は、そんなことは微塵《みじん》も思ってはいなかった。鬼のことは憎い敵だと思っていたし、桃霞はもう、死すら覚悟している。腰に差した小太刀を、我知らず強く握り締めていた。

「仕度はできましたかな」

その時、門の向こうから、戦装束の三人の男たちが姿を現す。

「――ご苦労様でございます」

それを待っていたように、老父母たちは頭を下げた。桃霞は顔を向けて男たちを見る。彼らは、自分を鬼牙島まで無事に連れていくよう、都から派遣されてきた者たちだった。

「あなたが桃霞殿か」

「はい。よろしくお願いいたします」

「私は猿田彦《さるたひこ》、それからこっちが犬季《いぬき》と、雉吉《きじきち》だ」

三人の中では、この猿田彦が一番年長に見えた。四十に届くか届かないかというところだろうか。体格も最も大きく、顔だけではなく、腕や肩や、あらゆる部位が岩のようにごつごつしている印象を受ける。

「お初にお目にかかります」

犬季と名乗った男は、中肉中背の、目つきのやたら鋭い男だった。年齢は猿田彦より少し下ぐらいで、物静かな感じだ。

「道中、ご一緒させていただきます」

最後の雉吉は、一番年若いように見える。おそらく二十代だろう。三人の中では一番快活そうだ。

彼らが自分を、鬼牙島まで送り届ける。これまで他人と旅などしたこともない桃霞にとって、いきなり三人もの道連れができるのは少し不安だった。だが、ろくに里から出たこともない自分では、そもそも無事に目的地までつけるかどうかもわからない。この身が五体満足で鬼牙島に届けられなければ、役に立たないのだ。

「お元気で」

別れを惜しんでくれる老父母の手を最後に握って、桃霞は育った里を後にした。


自分が特殊な身体だと知って以来、桃霞は独学で剣術を学んでいた。何か、気持ちの拠《よ》りどころが欲しかったのだと思う。

あの時まで、桃霞は自分を養父と同じ性の人間だと思い込んでいた。だから真実を言い渡されても女の格好をするのは抵抗があったし、せめて、『強い部分』が欲しいと思うようになり、剣の稽古《けいこ》を始めた。

それに、身体を動かしている時は、憂鬱な気分もなくなっていた。

蔵の中にあった指南書を引っ張り出し、素振りから始め、時折家に訪ねてくる腕に覚えのありそうな者に稽古をつけてもらうように頼む。あの家には、どういうわけか都から来た使者らしき者が時々訪ねてきた。

養父母はごく普通の夫婦に見えたから、どうしてそんな輩《やから》がちょくちょく訪れるのかはわかりたくもなかったが、それでも、彼らの来訪は桃霞にとっては好機だったのだ。

彼らは桃霞からその申し出を聞くと一様に怪訝《けげん》そうな顔や、躊躇《ためら》うような表情をしたが、普段他人と関わることのない桃霞の必死の頼みに興味をそそられたのか、願いを叶《かな》えてくれた。

それでどれほど力がついたのかわからなかったが、ある日、都の武道大会で優勝したという男と手合わせをしたことがあった。

男は桃霞の細い立ち姿を見て、たいして使えないと侮っていたのだろう。そういった態度を隠そうともしなかったが、いざ立ち合いが始まると、男の顔が一瞬にして焦ったのが見て取れた。

桃霞にとっては、男の動きが、ひどく鈍いもののように感じられたのだ。剣の切れも悪く、桃霞はあっという間に男から一本を取った。みっともなく尻餅《しりもち》をついた男は、信じられないように自分を見ていたが、桃霞とてそれは同じだった。

だが、それ以来、桃霞は他人と剣を交えることを禁じられた。剣そのものを取り上げられなかっただけまだましだったが、思えば、そのあたりから僧侶の唱えるお経に違和感を感じるようになった。

そしてこの、小太刀。

桃霞はひとつだけ身につけた自分の武器を、そっと撫でた。

これは自分があの家にもらわれてきた時、唯一身につけていたものだという。そしてそれ以外に、自分が何者なのかを知る手がかりはない。

多分、こんな身体で生まれてきたから、捨てられてしまったのだと思う。それでも、生みの親がこれを残してくれたことに桃霞は感謝していた。この小太刀一本が、異質な自分を、まだ人の世界に繋《つな》ぎとめていてくれる。

「桃霞殿は、多少はお使いになられるのですか」

ひと休みをするために、山道の途中にあった小川の畔《ほとり》で、桃霞の腰にある小太刀に目を止めた猿田彦がそう言った。

「使えるというほどではないと思いますが」

「一人で稽古をしていると、聞いたもので。よければ軽く手合わせ願えませんかな。桃霞殿の力を把握しておきたい」

その言葉に、桃霞は弾《はじ》かれたように顔を上げた。

「私と、ですか」

「ええ、お嫌でなければ。知っておいた方が、お守りする際にも心構えができますし」

多少は使えるのと、まったく護られるだけでは、護衛するにも違いが出るということだった。

なるほど、そういうものかと納得して、桃霞は小太刀の鞘《さや》に手をかける。他人と刀を交えるのは久しぶりだ。そう思うと、身体が高揚してくるのがわかった。

「では、雉吉。お相手して差し上げろ」

猿田彦の命を受け、三人の中で一番桃霞と年の近い雉吉が立ち上がった。

「本気でかかってきて構いませんぞ」

雉吉も短い脇差《わきざ》しの方を抜き、身体の前で構える。他の二人は静観していた。お手並み拝見といったところなのだろう。

すらりと抜いた刃が、陽《ひ》の光を反射して鋭く煌《きら》めく。桃霞はその瞬間地面を蹴《け》り、自分より体格の優れた雉吉に向かって駆け出していった。

「――――！」

剣戟《けんげき》の音が樹々の間に鋭く響く。刀が嚙《か》み合った瞬間、雉吉の表情が意外そうなものに変わるのがわかった。桃霞もまた、あっさりあしらわれるものかと思っていたが、予想外にやれそうな気配に手応えのようなものを感じ取る。

雉吉は、やはり遅いと思った。一撃は重く、まともに受けてしまえば腕が痺《しび》れそうになるが、受け流すこつがわかってしまえばそう難しいものではない。

常に身体を動かすことを心がけていたせいだろうか。自分の思う通りに手脚が動く。それが嬉《うれ》しい、と思った時、『それまで！』と猿田彦から声が上がった。

「っ……」

いきなりの中断に、桃霞は思わず物足りないものを感じる。だが雉吉が自分から距離を取ってしまったので、仕方なく刀を鞘に収めた。

「――――いや、驚きました」

その言葉に嘘《うそ》はないようだった。後ろに控えていた猿田彦と犬季もまた、面食らったような顔をこちらに向けている。おそらく彼ら全員、桃霞がここまでやるとは思わなかったのだろう。だがそれは自分も同じだったので、気分を害することにはならなかった。

「本当に、本格的に修行されたことはないのですか？」

「一度だけ試合のようなものはやりましたが、それきりです。あとは家の蔵にあった指南書を見て、自己流で」

ふうむ、と猿田彦は顎《あご》に手を当てるようにして思案する。

「ということは、もともとの勘のようなものが優れているのでしょうな」

「それと体捌《たいさば》きを見ましたが、身体能力が高くておられる。本格的に修行したなら、かなりなところまで極められるでしょうな」

「勘、ですか」

「…………」

猿田彦の言葉に、桃霞は口を噤《つぐ》んだ。

「おい、猿田彦」

「ん、ああ……、これは失礼」

迂闊《うかつ》なことを口走ったと、猿田彦は桃霞に頭を下げる。

本格的な修行など、できようはずがない。

桃霞はこれから、恐ろしい鬼のもとに、捧げられに行くのだから。

「いえ……、そう言っていただけて、嬉しかったです。ありがとうございます。猿田彦様。それと雉吉様も」

そう返す桃霞を、三人の護衛は視線を見合わせて何かを確認し合った後、そそくさと気まずそうに立ち上がるのだった。

それでも桃霞にとって、この旅は楽しいものだった。ほとんど里から出たことがなく、長ずるに従って人目を避けるようにして育ってきた桃霞には、見るものすべてが目新しく、新鮮に感じられた。同じ風の匂《にお》いでも、里と山ではまったく違う匂いがする。老父は毎日のように山へ出かけて柴を刈っていたというのに、桃霞はそんなことすら知らずにいた。

そして出立してから何日か過ぎた頃、話があると言われ、桃霞は宿に着いたその夜、行燈《あんどん》の明かりを挟んで、三人の護衛と向き合っていた。

常になく慎重な面持ちの彼らに、桃霞はいったい何事かと背筋を緊張させる。

「これから話すことはくれぐれも内密に願いたい」

「はい」

とは言っても、いったい彼ら以外に誰に話すというのか。

「実は、我々の目的はあなたを鬼牙島に送り届けるだけではない」

普段は口数の少ない犬季が、重々しい口調でそう切り出す。

「我々は『都』より遣わされました。詳しくは話せないが、隠密の仕事をしていると受け取ってください」

三人の中で一番年若い雉吉が、取り纏《まと》めるように話した。

「あなたがこれから行こうとしているところ、鬼牙島ですが、我々は都より、そこを落とせと命令を受けています」

「え……っ」

「つまり、この作戦がうまく行けば、桃霞殿は鬼牙島から出ることができます。つまり、今回の嫁入りの話はなかったことになります」

「本当ですか？」

夢にも思っていなかったことを言われ、桃霞は思わず身を乗り出した。行燈の明かりに照らし出された自分の影が、障子を大きく動く。

「鬼について、桃霞殿はどのように教えられていますか？」

「――――それは」

つい勇んでしまった自分を恥じ、桃霞は取り繕うように姿勢を正す。自分は鬼の花嫁となるのだと、子供の頃から言い聞かされていた。そしてその鬼が、どのような存在であるのかも。

「人里に現れ、悪さを働くと」

だが桃霞は実際に鬼を見たことがあるわけではない。それらはすべて老父母や僧侶からの教えによるものだ。

鬼は人を騙《だま》し、人を喰《く》らい、殺めるものだと。

それでも鬼に嫁がされると言われた時から、その話は桃霞の中に深く根づいた。鬼は怖いし、憎い。

「その通りです」

雉吉は頷き、桃霞の答えを肯定した。

「帝以下、我々はずいぶん前からそのために鬼牙島の周辺を調査していました。そのために命を落とした同胞も少なくない。そして今回あなたが鬼に輿入《こしい》れする時が、最大の好機となるわけです」

「そのために、桃霞殿にも協力をお願いしたい。先日刀を交えたのは、あなたにどれだけの胆力があるのか、測るためでもあったのです」

「鬼たちを倒せば、人々は安心できるのですね」

「もちろんです」

「そして、私も……自由になれる？」

「——ええ」

雉吉は笑みを浮かべて桃霞に頷いてみせる。

「あなたの協力を得ることができ、見事鬼たちを退治した暁には、帝はあなたに褒美をとらせるとおっしゃっています。それが金子《きんす》であれ、自由であれ、望みのままに」

人々のことよりも自分のことを考えている自分が、浅ましいと思った。もちろん育ててくれた老父母や、里の人たちの幸せを願わないはずがない。感謝しているという思いは嘘ではないのだ。

当然、失敗すればそれこそただではすまないだろうという恐怖はあった。

けれど、それがなんだというのだろう。目の前に置かれた可能性は、そういった心配を上回るほどに輝いて見えた。

そして、これまで行動を制限され、他者と関わることを避けるように言われていた桃霞にとっては、自由という言葉はあまりに魅力的すぎる。すっかり諦《あきら》めていたものを目の前に突き出されては、食らいつくなという方が無理だった。どうせ奇異の目で見られるならば、思うように生きる方がずっとましというものだ。

「さてその方法ですが、鬼たちの目を盗んで、島の要所要所に爆薬を仕掛けます」

「……爆薬？」

「鬼共を一網打尽にする作戦ですよ」

三人が一様に口元に歪《ゆが》んだ笑みを浮かべる。桃霞は背筋になんとなく薄ら寒いものを感じた。

「あの島には、大きな火山がありましてね」

桃霞は見たこともないが、猛々《たけだけ》しい岩肌に覆われた、火を噴く山があるという。それが火山だ。

「鬼たちはどういうからくりか、その火山の熱を利用していろいろと小賢しい細工をしているようです」

だがその便利な地形を逆に利用してやるのだと、彼らは桃霞にひと抱えもある丸いものを見せた。

「……これは?」

受け取ってみると、ずしりと重い。

「爆薬です」

「!」

取り落としそうになって、桃霞は慌ててそれを持ち直した。

「この爆薬を、島の中に仕掛けます。それを同時刻に爆発させると、地脈を刺激して、この島が沈む計算なのです」

「島が沈む」

「ええ、鬼たちを討つには、これが一番いい方法だと、長い間密《ひそ》かに検討されてきました。あなたが生まれた時から」

それまで様々な案が立てられ、それら多くは失敗してきたが、桃霞が花嫁として鬼の首領に捧げられるという契約が成立した時、都側はその時を狙《ねら》い、鬼たちを殲滅《せんめつ》せんと計画を立ててきたという。

「……私は、何をすればいいのですか?」

縋《すが》るように三人の護衛を見上げる桃霞に、彼らはまた、目線を交わし合って頷く。

「城の中心部を探っていただきたい」

「中心部……」

「島に到着すれば、少なくともあなただけは城に入ることができます。その中には、特別な装置のある部屋があるはず」

「どういった装置なのですか？」

「それが誰も見た者はいないのです。だが、目の前にすればわかるはずです。それがあの島の根幹となっていますから」

秘密を探れと言われても、隠密の経験などない桃霞には、どうすればいいのかわからなかった。だが、その任務が自分にしかできないということは理解できる。

「我らは隙を見て桃霞殿と接触いたします。その時に、また新たな指示をお伝えしますゆえ」

「……わかりました」

桃霞は手の中の爆薬を、注意深く返した。

自分にしかできないというのなら、やってみるしかない。こんなことでも誰かの役に立てるというのは少なからず嬉しいものだ。

「城の中を探ってみます」

正直、心許《こころもと》ない思いだったが、決意を込めて、桃霞は了承する旨を彼らに伝えた。

夜の闇《やみ》も、月明かりがあればだいぶ和らぐ。

障子を開けて宿の中庭を眺めながら、桃霞は眠れない夜を過ごしていた。

先ほどまで続いていた『作戦会議』の内容が、頭の中でまだぐるぐると回っている。

今日はいろいろなことがあった。剣の腕を認められたり、思いもよらなかったことを聞かされたりして、そのせいで、神経がすっかり高ぶってしまっているのだろう。

夜着の上に小袖を羽織って、桃霞は庭に降り立ってみた。虫の鳴く声が聞こえる以外は、なんの音もない。

静かだ。そう思って月光を身に染み入らせるように瞳を閉じていると、ふいに中庭にある樹の枝がざわり、とした。

最初は、鳥が止まったのかとも思った。だがそれにしては、音が重すぎる。まるで、もっと大きな動物が枝の上に立ってでもいるかのような。

「────！」

桃霞が目を見開いて樹の上を見ると、ついさっきまでは何もいなかったはずのそこに、人がいた。

男だ。それも知らない男。かと言って、桃霞にとっては知っている男など、この世界でも数えられるほどだが。

「お前が鬼牙島への貢ぎ物か」

低い、よく通る声だった。なのにどこか人を食ったような響きが感じられる。

「……何者だ」

警戒を露《あら》わにした声で桃霞が誰何《すいか》すると、男は樹の上から軽々と飛び降りる。すぐ側《そば》にほとんど音もなく着地され、思わず身が竦んだ。小太刀は部屋に置いてきてしまったので、今は丸腰なのだ。

「！」

「なに、気にするな。通りすがりのものだ」

十八の桃霞より、おそらく十は年上だろう。男は背が高く、立派な体躯《たいく》を誇っていた。だが猿田彦のようなごつごつした印象はあまりなく、その筋肉には無駄な部分がないように思える。肩くらいまでの無造作に切られた髪さえも、どこか洒脱な雰囲気を漂わせていた。

端整ながら男らしい顔立ちは、野性的で、どこか荒っぽい艶《つや》がある。桃霞がこれまで見たこともない造形だった。

ただその首にかけられた翡翠《ひすい》の首飾りだけが、男にはやや繊細な作りのように思えた。

男は突然距離を詰めてくると、桃霞の腕を無造作に掴《つか》む。

「何をする！」

桃霞は危機感を覚えた。男は自分が鬼への貢ぎ物だということを知っている。声を上げて猿田彦たちを呼ぼうとしたが、大きな掌《てのひら》に口を塞《ふさ》がれてしまった。

「静かにしろ」

「……っ」

抵抗を封じられ、恐怖を覚えながらも、桃霞は気丈に男を睨《にら》みつける。すると男はそんな反応を楽しむように、笑みさえ浮かべてみせるのだ。

「わざわざ贄となりにあの島に行くのか」

自分を攫《さら》うのが目的であれば、こんな会話をしている間にさっさと連れ去るだろう。男の目的はそれではないのだ。では、なんなのか。桃霞が物言いたげに男を見つめると、口元を塞いでいた手がそっと離れていく。

「なぜ私のことを知っている」

「なぜでもいいだろう。俺はお前の考えを聞きたい」

本当に、この男はいったい何者なんだろう。とりあえず今は、自分をどうこうしようとする意志はないようだが。

「たとえお前が犠牲になったとしても、鬼たちがいつまでもおとなしくしているとは限らないぞ？　なのに、どうしてその身を捧げようとするんだ？」

その問いは、少なからず桃霞を動揺させた。自分は物心ついた時から、大きくなったら鬼の花嫁となるのだと教えられて育ってきた。だからさして、未来に夢など見ていない。剣の修行を諦めさせられた時も、さほど気落ちもしなかった。

「たとえ、わずかな間だったとしても、鬼に怯《おび》えずに済む暮らしを得られるのならば、私の身など安いもの。それが育ててくれた父母に対する恩返しだ」

まるで自分に言い聞かせるように、桃霞は男に対してそう答える。だが父母に対して報いたいというのは本心だ。たとえそれが誰かに頼まれたものだとしても、幼子を、それも自分のような者をここまで育て上げるのは大変な苦労もあったはずだ。

それでも、そんなふうに律してきても、どうして自分だけが、という思いが、心の中にないわけではなくて、桃霞は自分の中の醜い部分から目を逸《そ》らしていた。

「本気でそう思っているのか？　よりにもよってお前が」

桃霞は怪訝に思って男を見る。

「私が……なんだと？」

この男は何を知っているのだろうか。

自分を知った上でこんなことをしているのなら、桃霞は男に聞いてみたいことがたくさんあった。

だが男は、口元に皮肉げな笑みを浮かべたと思うと、その整った顔を近づけてくる。

「っ！」

桃霞は抵抗しようとした。けれど、男の逞《たくま》しい腕ががっちりと細い身体を拘束するように抱き締めてくる。

「んっ……！」

熱い唇が自分のそれに重なってくる。生まれて初めての口づけだった。

なのに男はまるで無遠慮に歯列をこじ開け、それ自体が生き物のような舌を口腔《こうこう》にねじ込んできた。

「――――！」

大きく瞳を見開いた桃霞の視界に、夜の闇がいっぱいに映し出される。だがそれが次第にじわりと滲《にじ》んできた。どういうことなのか理解するのが怖くて、桃霞はきつく目を瞑る。

「う、……んっ」

無防備な粘膜を相手の思うままに蹂躙《じゅうりん》され、桃霞の脚が震える。支えられていなければ、そのまま頽《くずお》れてしまいそうだった。そしてこんな無体なことをされているというのに、嫌悪感とはほど遠いものが身体の奥からこみ上げてくる。

「ん、ぅ……、やぁっ」

男の腕の力が緩んだ瞬間、桃霞は両腕を突っぱねて男を突き飛ばした。脚がふらつき、倒れそうになるが、どうにか堪えて踏み留《とど》まる。濡《ぬ》れた口元を拭《ぬぐ》うように手の甲を当て、気丈

に男を睨みつけた。

「な……何を」

「味は悪くなかった。お前、男を知らないのか？」

その言葉にカッと血が上る。もしも帯刀していたなら、即座に男に斬《き》りかかっていただろう。だが男はそんなふうに激昂《げっこう》する桃霞を前に肩を竦め、それ以上のことをしようとはしてこなかった。

「道中、気をつけてな」

スッ、と男の姿が闇に溶け込む。そう思った瞬間、桃霞の前には誰の姿も、気配もなかった。

「――――……」

急に訪れた静寂に取り残され、思わずあたりを見回した後、桃霞は自分の肩を抱くように握り締める。

――こんなに静かなのに、どうして誰も出てこない？

自分と男が話している声は、すぐ近くの部屋にいる護衛の三人にも聞こえたはずだ。なのに、まるでこの空間が切り取られていたかのように、自分が男に狼藉《ろうぜき》を働かれている間も、誰も出てはこなかった。

桃霞は、何か恐ろしい目に遭ったようにぶるりと身体を震わせると、足早に部屋の中に戻っていった。

床の中に潜り込んで目を閉じた後も、瞼《まぶた》の裏からはあの男の姿がなかなか離れなかった。まるで研ぎ澄まされた野生の獣のような、しなやかで強靱《きょうじん》な力を秘めているとわかる体躯。

自分とは正反対だ。

「…………」

桃霞の唇から、ふっ、とため息が零れ落ちる。それは妙な熱さを孕《はら》んでいて、身体がどこかふわふわと浮き上がるような感覚をもたらしてきた。

まずい、これは。

そう思った瞬間、肌がジン、と疼《うず》くように温度を上げる。

「…っ……」

桃霞は布団の中で、胎児のようにぎゅっと身体を丸めた。覚えのある『衝動』に支配されまいと、息を詰めるようにして耐える。けれど、桃霞はそれも無駄だと知っていた。一度こうなってしまったら、自分で自分の始末をつけないと、この状態は終わらない。

「……う…」

泣きそうに顔を歪めながら夜着を緩め、その隙間から自分の手を差し入れていく。普段はさほど体温を感じない肌が、明らかに熱くなっていた。

『あなたは殊更そういった情念に流されやすい。だから人一倍自分を律していなければなりませんよ』

子供の頃から叡現に言われていた言葉だった。初めはどういう意味なのか理解できなかったが、成長したある日、夜に突然襲ってきたそれに、このことかと愕然《がくぜん》とした。

『桃霞殿の肉体は、ご自分が思うよりも貪欲《どんよく》にできている。だからそれは、恥ずかしいことと思いなさい』

たまらずに、初めて自分の肌に触れた時にわかった。自分はこの感覚には弱すぎるほどに弱い。駄目だと言われているのに、身体が悦《よろこ》んでしまう刺激には逆らえなかった。

「……んぁっ…」

脚の間のものを握り込んだ時に、思わず声が漏れる。すぐ隣の部屋で寝ているはずの護衛に聞かれまいと、咄嗟《とっさ》に布団の端を噛んだ。片手で自らのものを愛撫《あいぶ》しながら、もう片方の手で胸をまさぐり、指先で乳首を捕らえる。

「っ……！」

鋭い感覚が胸の突起から腰の奥に直結して、思わず背中を反らした。

恥ずかしい。たったこれだけでこんなに感じてしまって、身体を疼かせて。

けれど今日のそれは、今までよりも強いように感じられた。布団の中で身体をヒクつかせながら、どうして？　と思いを巡らせる。すでに煮立ちはじめた意識では冷静に考えることなどできはしなかったが、その中でひと際鮮明に浮かび上がる像があった。

あの男。

さっきの男に口を吸われた瞬間、身体が痺れるように震えた。

そんな、と桃霞は否定するようにかぶりを振る。

自分はあの男に口づけられただけで、欲情してしまっているというのだろうか。

脚の間のものはもう硬く屹立《きつりつ》していて、扱《しご》くたびにくちゅくちゅと卑猥《ひわい》な音を立てる。たとえ声を殺していても、この音だけで隣に聞こえてしまいそうだ。なのに、手を止めることができない。恥ずかしい。

「ふ、っ……」

桃霞は乳首を弄《いじ》っていた手を離し、もう一方の手も下ろしていく。駄目だ、それは我慢しろ、と頭の中で制する声がしたが、止まらなかった。股間《こかん》の屹立を通り過ぎ、小さな双果をそっと押しのけ、指を伸ばす。

「……ん、ンっ」

ぬるり、と柔らかいそこは、花弁にも似た入り口を蕩《とろ》かせ、桃霞の指先を呑《の》み込んでいった。

「…っ、…っ！」

乱れに乱れてしまった夜着を纏いつかせた腰が、びくん、びくんと跳ね上がる。

桃霞の、決して人に知られてはならない秘密。

それは、自分がふたつの性を持つ存在だということだった。

――気持ちいい。止まらない。

男の屹立と、女の花弁を同時に愛撫すると、身体の奥が狂いそうに感じてしまう。悪いことだとわかっていても、やめられなかった。

自分はきっと罪深い生き物なのだろう。だから鬼などに捧げられてしまうのだ。

「ウ、んっ…んっ」

こみ上げてくる波にきつく瞳を閉じ、口の中の布を噛み締める。やがて頭の中が真っ白になるほどの法悦に包まれて、桃霞は全身を淫《みだ》らに痙攣《けいれん》させた。

「……っ、は」

また、してしまった。

絶頂の感覚を味わい尽くし、少しずつ現実が戻ってくると、そこには罪悪感と虚しさだけが残る。桃霞は口から布を離し、呼吸を整えながら手脚を伸ばした。荷物の中から懐紙を取り出し、手早く後始末すると大きなため息をつく。

――あの男、何者だろう。

道中気をつけろと言っていた。間違いなく、桃霞がどこへ行くのかも知っている。

寝乱れた夜着と髪を整えると、次第に冷静な思考が戻ってきた。

このことを、彼ら三人に報告すべきだろうか。

桃霞は隣の部屋へと続く襖にちらりと目を走らせ、それを考える。まっとうに考えれば、もちろん伝えるべきなのだろう。だが、果たしてどう説明すればいいのか。そして男にされたことは、何か意味のあることなのだろうか。抱き締められ、初めての口づけを奪われ、そして身体を熱くさせられたことは。

「――――」

そんなことは、言えるはずがない。

まだ夜明けも遠い闇の中、桃霞は初めて会った男のことを、やがて眠りに落ちるまで考え続けていた。

「――あれが、鬼牙島……」

十日ほどの旅路の末、初めて見る海に圧倒された桃霞は、だが、水平線の向こうにぼんやりと浮かぶ島影に息を呑んだ。

ごつごつとした岩肌らしい影の様相は、まさしく鬼の島と呼ぶにふさわしい景観だ。あたりには灰色の雲が漂い、その不気味な岩陰を一層陰鬱に浮かび上がらせている。

「あのあたりは、普段は厚い雲に覆われているのです。今日のような天気のいい日は別ですが、いつもはその姿を見ることすらできません」

茫然と島を見やる桃霞に、猿田彦が説明する。その横では、犬季と雉吉が舟の準備をしていた。桟橋につけられていたのは、屋根のついたしっかりした造りの舟だ。現地で雇ったのだろう、漕《こ》ぎ手の姿も何人か見える。彼らは皆浮かないような、厳しい顔つきをしていた。

普段であれば、近づきもしたくないような場所なのだろう。そんな場所に、自分は今から送り届けられる。

「ご気分はいかがですかな?　もうすぐ舟に乗りますので……」

「大丈夫です」

覚悟はできているのかと、猿田彦は聞いているのだ。正直、怖くないと言えば嘘になる。何しろ鬼牙島では、自分がどういった扱いを受けるのかはまるで予想がつかないのだ。鬼の花嫁になる、と何度も聞かされていたが、それがどういった意味の言葉なのかは誰も教えてはくれなかった。もしも言葉通りの意味なら、自分は鬼と番《つが》わされることになる。

桃霞はこんな身体だが、男性としての意識を持ち合わせていた。それに違和感を覚えたこともない。これまでに女の格好すらしたこともないのだ。

鬼は桃霞の夫となり、自分はその鬼に身体を拓《ひら》かされるのだろう。

薄ら寒い思いに襲われ、桃霞は微《かす》かに肩を震わせた。だが、もう逃げられもしないだろう。猿田彦が手伝いもせずにただ自分の側にいるのは、おそらく桃霞が逃げないように見張っているためだ。彼らは、ただの護衛ではないのだから。

先日の夜のことは、結局彼らには言えなかった。その後の道中でまたあの男が現れるのではないかと桃霞は気が気ではなかったが、結局何事もなくここまで来た。本当に呆気《あっけ》ないほどに。

「用意ができたぞー！」

雉吉が呼ぶ声が聞こえる。見ると、二人はすでに舟に乗っていた。

「では、桃霞殿」

「はい」

あの舟は、自分を冥土《めいど》へと導く舟になるのだろうか。

どちらにせよ、作戦がうまくいかない限り、この土を踏むことはもう二度とない。

感傷とも言える思いが胸の中を満たしていくのを、桃霞は特に止めようとはしなかった。

もしかしたらそのうち、そんなことも感じられなくなるかもしれないのだから。


桃霞たちはずいぶんと長い間、舟に乗らなければならなかった。生まれて初めての海に、最初はおっかなびっくりだった桃霞だが、そのうち白い波頭の美しさや、深い藍《あい》色の海面に感嘆を覚え、いつしか夢中で海原を眺めていた。顔に当たる潮風が心地いい。ほんのわずかな間、桃霞はこれからの自分の運命を忘れ、その景色を堪能する。

三人の護衛たちも、特に何も話しかけてこなかった。とりあえず桃霞がここまで逃げ出さなかったことで、第一段階は成功したということだろう。彼らの任務はこれからが本番だ。自分も、与えられた役目をこなさなくてはならない。果たしてちゃんとできるだろうか。それを思うと、気持ちに不安の影が差す。

だが、今だけはこの晴れやかな景色を目に焼きつけておこう。

桃霞はそう思い、次第に近づいてくる島影を、あえて視界に入れないようにした。

だが、舟は着実に島との距離を縮め、上空の雲が厚く重苦しいものに変わってくる。波は次第に荒ぶり、何かに摑まっていなければよろけてしまいそうだった。

「桃霞殿。波に攫われるといけない。中へ」

猿田彦が声をかけてくるが、桃霞はやんわりと首を振った。

「大丈夫です。ここにいます」

「しかし……」

「少しでも長く、この世界の景色を見ていたいのです」

桃霞の思いを悟ったのか、猿田彦は頷き、それ以上は強いてこない。

だが、荒れた海も、そう長くは続かなかった。しばらく進むと厚い雲が突然に晴れ、いきなり差し込んできた陽の光に手を翳《かざ》す。次に桃霞の視界が開けた時、そこには島の風景が広がっていた。

「おお……」

「これは……」

船頭たちも、実際にここまで来たことはなかったのだろう。ただ護衛の三人は、相変わらず厳しい顔で島の方を見つめている。

近づく者を拒むように島の周りを囲んでいた雲はそこで終わり、そこには意外なほどのどかな風景があった。

荒々しい岩肌は遠くから見た印象そのままだったが、陸地には緑も豊かだった。空には鳥も群れを成して飛んでいる。

草も木も生えない一面の荒れ地。これまで鬼牙島をそんなふうに想像していた桃霞にとっては、この風景はいささか意外なものだった。

舟が島の外周に沿って少し進むと、やがて桟橋らしきものが見えてくる。立派で太い木組みの、大きなものだった。要所要所が楔《くさび》と荒縄でしっかりと固定され、そこが日常的に使用されているものであることを示している。

そうして、桟橋のあたりに人の姿が集まっているのに気づいた時、桃霞はぎくりとした。

この島にいる者、そこで生活している者。それは鬼であることを表している。

絵巻などで見た鬼は、恐ろしい形相に長い爪、人を頭からバリバリと噛み砕いてしまう、大きな牙を持っていた。けれど、そこにいる者たちは、大きさもさほど人間と変わらないように思える。人よりもやや体格が優れているように見えるが、集まっているのが男たちばかりなので、そう見えるのかもしれない。

「降りろ。――――ああ、花嫁だけだ！」

『鬼』が声を発した。桟橋の上から突きつけられる鋭い槍《やり》に、船頭たちはひぃっと声を上げ、舟の奥に逃げ込んでいく。桃霞はおずおずと前に出て、三人の護衛を振り返る。彼らは頷き、桃霞を静かに促した。

「これが花嫁だ。しかと受け取るがいい」

「ふん、十八年も待たせたくせに何を言ってやがる。お前らはさっさと帰れ。二度と来るな」

やはり、あまり歓迎はされていないようですな、と背後で犬季が呟く。桃霞は顔を上げて、槍を構えて左右に立つ二人の鬼を見た。

姿形はほとんど人と変わらない。別に醜くもない。ただ、彼らと自分たちの違いを決定的に表すものは、その頭に生える二本の角だろう。生えている位置や長さに若干のばらつきがあるものの、島にいる鬼たちは皆一様にその特徴を持っていた。

そして、髪と瞳。

むしろ角よりも、桃霞の目を引いたのはこちらの方かもしれなかった。

自分を含め、こちらの人間たちは黒い髪に黒い瞳だ。けれど鬼たちは、それは様々な色の髪と瞳の色の組み合わせを持っていた。今、桃霞たちに槍を向けている鬼の一人は白っぽい髪で緑の瞳。もう一人は明るい茶色の髪に同じ色の瞳を持っている。

「――――さあ、桃霞殿」

茫然と前を見ていたところに低く声をかけられ、桃霞はハッと我に返った。

「手はずはわかっておりますな」

「……は、はい」

その場の雰囲気にすっかり呑まれてしまい、桃霞は慌てて頷く。

「大丈夫です。ここまで送っていただき、ありがとうございました」

「首尾を期待していますぞ。――お達者で」

最後のひと声は少し大きく、鬼たちに聞かせているようだった。桃霞は覚悟を決めると、脚を踏み出し、舟のへりを跨《また》ぐ。すると近くの鬼が手を伸ばしてきた。どうやら手を貸してくれるようだ。桃霞は少し迷ったが、思いきってその腕に摑まった。無下に断って機嫌を損ねても怖い。

「おっと」

思いのほか丁寧に抱え上げられ、一瞬の浮遊感の後に、桃霞は桟橋の上に下ろされる。とうとう鬼の本拠地に入ってしまったという心許なさに思わず振り返るが、その時にはもう、舟は鬼たちに追い立てられ、岸から離れてしまっているところだった。

「無駄だぜ。帰りの舟はない。そういう約束だからな」

桟橋に下ろしてくれた鬼がからかうような口調で言う。桃霞が怯えているのを、どこか楽しんでいるような様子だった。そんな様子に、心のどこかで反抗心が湧《わ》き上がる。忘れるところだった。自分はここに、『お役目』を果たしにきたのだ。こんなところで、ただ震えているわけにはいかない。

「――私の夫となる方は、どこにいるのですか?」

ふいに顔を上げて毅然《きぜん》とした声を出した桃霞に、鬼たちは驚いたようだった。

「私はここに輿入れに来たのですよね？　私の夫となる方のところに連れていってください。……それとも、あなたがそうなのですか？」

桃霞が先ほどの鬼にひた、と視線を合わせると、彼は、いや…、と首を振って口ごもる。

周りに困惑したような空気が流れた時、張りのある低い声がその場に響いた。

「やれやれ。せっかちな花嫁殿だな」

「――神威様《かむい》」

周りの鬼たちがさっと道を空けた先に、一人の背の高い鬼が佇《たたず》んでいる。その姿を目に入れた時、桃霞は息を呑まずにはいられなかった。

「あ……」

あの時の男だ。

眠れぬ夜に外に出ていた時、突然現れて桃霞の唇を奪い、身体に火をつけていった男。

ただ、男は、あの時とは髪と瞳の色が違っていた。赤っぽい金色のような髪と、青灰色の瞳。そして頭から生える二本の角が、彼を人ならぬ者として示している。彼は黒い衣服を身に纏い、肩あたりまでの髪を風に好きに嬲《なぶ》らせながら、どこか飄然《ひょうぜん》とした風情で桃霞を見つめていた。ただ、あの時に見た翡翠の首飾りだけが同じだ。

「無事に来られたようで、何よりだ。待っていたぜ」

「お、前は……」

「神威様に対して失礼な口を叩《たた》くな！」

槍を持った鬼たちが色めき立つのを、男が「いい」とばかりに手で制する。

「お前が桃霞だな」

男が桃霞の名前を確認した。睨みつけるように男を見上げながら、桃霞は首を縦に振る。

男は———神威は、今にも噛みつかんばかりの桃霞に苦笑しながら、その手を懐に入れた。そこから取り出した一通の書状を、桃霞の目の前で、見えるように広げてみせる。

年数が経《た》っているものらしく、紙が変色している。墨で書かれた文字の最後に、物々しくもそこだけ鮮やかな朱色の刻印がいくつも押されていた。

「都と交わした証文だ。花嫁が十八となった時に、鬼族の王と夫婦の契《ちぎ》りを交わす。正真正銘、かけ値なしの契約だな」

そんな証文があることなど知りもしなかった桃霞は、驚きに満ちた目でその書状を眺めた。

神威は口元に笑みを浮かべると、畳んだそれを側の男に渡し、桃霞に向かって手を差し伸べる。

「来いよ。俺のところに来たかったんだろう？」

桃霞はしばし迷ってから、ゆっくりと歩を進め、神威のもとへと歩み寄った。月明かりだけではわからなかったが、神威はずいぶんと陽に焼けていて、その褐色の肌が、まるでなめし革のようだと思った。

肩に腕を回されると、びくり、と身体が震えてしまう。あの時、触れられただけで身体がおかしくなってしまったことが、まだ鮮明に思い出されるのだ。

「……なぜ、あの時、私の前に？」

「事前に花嫁の顔を見たいと思っちゃ駄目なのか？」

嘘とも本当ともつかない言葉だと思った。それでも、桃霞はふっ、と息を抜くように努める。ここで敵意を剝《む》き出しにしても、何もいいことはない。

「さあ、行こうか。俺たちの城へ」

言われて見上げると、最初の印象通りの尖《とが》った岩ばかりの崖肌《がけはだ》に、窓や砲台のようなものがいくつも取りつけられているのに気がついた。おそらく、島の地形を利用して直接、建物を造っているのかもしれない。

衣服の中の小太刀の存在を確かめ、高鳴る胸を必死で抑える。落ち着け、と自分に言い聞かせながら、神威と彼につき従う鬼たちに囲まれて、桃霞は目の前にそびえる峻険《しゅんけん》な岩肌の中に連れていかれた。

思った通り、そこは自然の洞窟《どうくつ》を利用した、堅牢《けんろう》たる城だった。

通路はあちこち岩肌が剝き出しになってはいるが、所々に明かりが掲げられ、足元が見えないということはない。その床もきちんと板が張られ、一定の間隔を置いて開けられた通風口からは新鮮な空気が入ってきていた。

桃霞は鬼というとまるで妖怪のような存在のごとく思い込んでいたが、ここは至極真っ当な統制のとれたものを感じる。これは自分の認識を改めざるを得ないと、驚きと共に思った。

「ここがお前の部屋だ」

分厚い板に鉄枠がついた扉の前に連れてこられ、中に入るように促される。一歩足を踏み入れて、桃霞は息を呑んだ。

壁にかけられた美しい織物に、繊細な細工が施された行燈。床から一段高くなったところにしつらえてある寝台の上には、薄布がかけられている。

花瓶にはこのあたりで摘んだと思《おぼ》しき、色とりどりの花。他にも、簞笥《たんす》やら鏡台やら、上等な家具が揃えられていて桃霞を迎えた。

「……これは」

「花嫁のための部屋だ。気に入ったか？」

桃霞は困惑して神威を見る。まさか、こんな待遇を受けるとは思ってもみなかったからだ。

「……ここまでのものを、どうやって」

「都の商人や、異国から取り寄せた。花嫁のためにな」

鬼は邪悪な存在。だから滅ぼさなくてはならない。桃霞は改めて道中でずっとそれを言い聞かされていた。子供の頃から鬼に捧げられると決まっていた自分には、老父母はいつも憐れみの目を向けていた。だが、これはいったいどういうわけだろう。

——いや、と、桃霞は気を取り直す。ほとんど里から出たことのない桃霞には、世間知らずの自覚はある。これは何かの罠《わな》なのかもしれない。どういう意図があるのかは、よくわからないが、この品々だってどこかの強奪品かもしれない。

「長旅で疲れているだろう。少し休め。後で湯殿に案内させる」

そう言い残して、神威は出ていった。遠ざかる足音が聞こえ、やがて静かになる。

一人になった桃霞は落ち着かずにうろうろと部屋の中を歩き回ったが、やがてそれにも飽きて寝台に腰を下ろし、ため息をついた。

——とうとうここまで来てしまった。

自分は本当に、鬼に嫁いでしまったのだ。その事実が今更のように圧《の》し掛《か》かってきて、桃霞の心を軋《きし》ませる。だが、怯《ひる》んでばかりもいられまい。

疲労を覚えて横になると、途端に睡魔が押し寄せてきた。確かに疲れている。おまけに何時間も舟に揺られ、これからまったく知らない土地で過ごさねばならないのだ。出る方法は、自分が使命を果たした時のみ。それでも、神経が高ぶっていてとても眠れないと思っていたにもかかわらず、次第に瞼が重くなってくる。

それを意識しない間に、桃霞は深い眠りの中に落ちていった。


どれくらい経った頃だろうか。ふと、人の気配に目を覚ました桃霞は、部屋の中がだいぶ暗くなっていることに気づいた。

すぐには開けられない瞼の向こうで、薄闇の中にぼうっと明かりが灯《とも》るのがわかる。

「どうだ、術の様子は」

「……かなり、強力にかけられていますな。これは一度や二度ではありませぬ」

「やっぱりな。思った通りだ」

誰かがすぐ側で話していた。男の声が三つ。うち一人は神威だろう。桃霞の夫となる、鬼の首領。

なんの話だろう。目を開けたかったが、まだ身体中に眠りの余韻が絡みついていて動けない。そのうち、誰かが舌打ちをするような音が聞こえた。

「人間め。十八年もかけて封印を重ねてきたか。こいつは骨だな」

「神威様のお手並みなら、大丈夫でしょう」

「ああ、いざとなったら、俺たちも手伝う」

「そいつは気が進まない」

もう一人の男が、含むように笑う。神威と比べると、ずいぶんと柔らかで穏やかな声だ。最初の声は、彼ら二人よりもずっと年長のように聞こえる。

――封印？

彼らはどうやら自分について話しているらしいのだが、桃霞にはなんのことなのかよくわからない。

「そうか。でも許可が下りたら皆喜んで桃霞様にご奉仕するよ」

「しかし、これほどの美貌《びぼう》だとは思いませんでしたな。『双月《そうげつ》』とは、こういう生き物でしたか」

「目を覚ます。後は頼むぞ」

その時、ようやく覚醒《かくせい》の気配が訪れて、桃霞は微かに呻《うめ》いた。

「ああ。いずれまた」

「では、首尾を祈っておりますぞ」

ぱちり、と目を開けた時、桃霞の目に映ったのは部屋に明かりを灯す、見たことのない男の姿だった。確かに声が聞こえていたと思ったのに、神威の姿はない。

「……誰……」

「お目覚めですね。よく眠ってらした」

ふたつめの明かりを灯してから、男は桃霞に近づいてきた。頭に二本の角。やはり彼もまた鬼らしい。だが、これまで神威を含め、猛々しい印象の鬼しか目にしていなかったが、この鬼は少し違っていた。賢者のような英知を湛《たた》えた柔らかい色合いの瞳を持っていて、その物腰もどこか穏やかだ。

「俺は音斬《おとぎり》と申します。神威の幼なじみです」

音斬と名乗ったその鬼は、桃霞が上体を起こすのを手伝ってくれた。

「ご気分はいかがです？　疲れはとれましたか？」

「悪くないです」

眠っていたのは数刻だと思うが、身体は思った以上にスッキリとしている。寝台の寝心地がよかったからかもしれない、と思った。

「神威より、あなたの身の回りの世話を言いつかっています。気分がよいようでしたら、食事を運ばせましょう。その後で湯浴みを。——今夜は神威と共に過ごすことになりますから、旅の埃《ほこり》をよく落としておかないと」

「…………っ」

音斬の言葉に、桃霞は思わず顔を逸らす。あの鬼に抱かれる。その事実が、いよいよ現実のものとなって身に迫ってきたのだ。

「心配せずとも、神威は優しくしてくれますよ。あなたが素直に身を委《ゆだ》ねれば、何もひどいことはされない」

つまり、おとなしく言うことを聞かなければ何をされるかわからないということか。

桃霞はゆっくりと音斬を見た。どこか底知れない瞳が、微笑《ほほえ》みを湛えて桃霞を見つめている。

「音斬さん」

「呼び捨ててくださって結構。神威の妻となられる桃霞様は、我が主も同然ですから」

「封印とは、なんのことだ？」

音斬の柔らかな色の目を真《ま》っ直《す》ぐに見つめながら言ったが、彼は桃霞から視線を逸らさず、笑みさえ浮かべて答えた。

「さあ――――、なんのことだかわかりかねますが」

音斬が出ていってしばらくすると、食事が運ばれてきた。膳を持ってきたのは年端もいかない少女の鬼で、今更だが少しばかり驚いた。膳の上に並べられていたのは汁物と麦飯、野菜の煮物に焼いた魚などで、恐る恐る口に運んだが、人の食べ物となんら変わりがなく、どれも口に合った。

それから、先ほどの音斬がやってきて、湯殿に案内される。

「こちらは桃霞様の専用の湯殿になります」

そう言われて覗《のぞ》き込んだが、広い湯殿の中には誰もいないようだった。桃霞はほっと息をついて、温かい湯の中に身体を浸す。心地よさが指の先にまで染み渡って、伸び伸びと手脚を伸ばした。こんなに広い浴槽は生まれて初めてだ。

この後で自分の身に大変なことが起こることはわかってはいたが、相手がわかってしまうと、以前のようなやたらめったらな不安は鳴りを潜めていた。自分は、自分の役目を果たすしかない。覚悟はできている。

両手ですくった湯で勢いよく顔を洗うと、桃霞はゆっくりと立ち上がった。

白い夜着はあまりに薄くて、その頼りなさに思わず自分の腕を抱えてしまう。洗った髪を梳《くしけず》っていると、ふいに扉が開いて、神威が姿を現わした。

「っ……」

「待たせたな」

「待ってなど……」

思わず取り落としてしまった櫛《くし》を拾い、箱の中に戻す。その指先が震え出して、桃霞は心の中で舌打ちした。大丈夫。大丈夫だ。何も怖いことはない。あの音斬という鬼も、優しく扱ってくれると言っていたではないか。憎むべき鬼の進言にもかかわらず、そう自分に言い聞かせた。

その時、ふいに背中から包み込むように抱き締められ、桃霞は飛び上がらんばかりに反応した。薄布越しに神威の体温が伝わり、その鼓動がもろに感じられる。

「そんなに怖がるな」

「別に怖くない」

「待っていない、怖くない——か。次は何を否定してくれるんだ?」

おもしろがるような口調で、神威は桃霞の身体の前に回した手で、夜着の帯を解いてくる。

「あ――……」

前が開き、はらり、と無防備な肌が外気に触れる。交わりを知らない桃霞は、そこに至ってもまだ、自分の身に起こっていることを認められないでいた。だが、大きな掌が無遠慮に胸元に侵入してくると、さすがに身体が竦んでしまう。

「力を抜け。俺がいいようにしてやるから、お前はただ素直に反応していればいい」

抱き締めるようにして寝台に沈められ、神威が覆い被《かぶ》さってきた。肉体の秘密を暴かれる恐怖に、思わず両脚を閉じようとするが、それよりも早く神威が身体を割り込ませてくる。

「お前はこれから、毎晩俺に抱かれるんだ。その覚悟はしてきたんだろう?」

どんな目に遭わされても耐えるという桃霞の悲痛な覚悟を、鬼の男はまるでからかうように試してきた。怖《お》じ気《け》づきそうになっていた桃霞は、その言葉にきっ、と神威を睨み上げる。

「好きにすればいい。何をされても平気だ。――こんな身体、欲しがるのはどうせ鬼ぐらいなのだろうから」

自分が他の人間と違う奇異な存在だということは、桃霞の心に少なからず重しをかけていた。だから鬼に捧げられたというのなら、もう自分はそれに従うしかない。いくら足掻《あが》いても、普通の幸せが欲しいと願っても無駄だ。

「もう全部諦めてるんだ。早くやれ」

ずっと胸に秘めていた思いが溢《あふ》れ出しそうになって、桃霞の目に涙が滲みかける。すると、それまで見下すような笑みを浮かべていた神威が、ふと表情を消して桃霞の目尻を拭う。

「………」

その仕草の意外さに、ふと何かが解《ほど》けるような感覚がした。けれど次の瞬間、強引に顎を摑まれた桃霞は、その唇を神威に奪われる。

「――…っ」

覚えのある、この男の口づけ。前はたったこれだけで、肉体が熱く火照ってしまった。舌に痛みを感じるほどに激しく吸われながら、桃霞はどうしようもなく身体が震えてくるのを、必死に受け入れようとしていた。

「――…ん…っ、ふぅ…ぅ…っ」

口腔を舐《な》め回されるたびに、背筋に震えと疼きが走る。

先日もそうだったが、男の接吻《せっぷん》は恐ろしく巧みだった。引きずり出した桃霞の舌を強弱をつけてしゃぶったかと思うと、敏感な粘膜をくすぐるように刺激してくる。

「…はあ…ふ…」

その間にも神威の手が桃霞の肌にまさぐるように触れてきた。立たせた膝頭を撫で、内腿《うちもも》からふくらはぎまでを何度も往復する。時には胸元をまさぐり、つんと尖り初めた胸の突起を掠《かす》め、乱れはじめた呼吸をますます荒くさせていった。

「…っあん……、ぅ」

――――また、この間と同じだ。

神威と口づけているうちに、身体の芯がじんじんと脈打ちはじめる。ましてや、前回よりもずっと長い時間舌を絡ませ続けているので、その感覚はますますひどくなるばかりだった。

こうなってくると、身体を撫でるばかりで一向にその先に進もうとしない鬼の男のやり方がひどく意地悪に思えてくる。

「そろそろたまらなくなってきたか？」

ふいに耳元で神威が囁《ささや》いたのに、桃霞ははっとして彼を見た。

「俺たちの体液は、どうやら人には媚薬《びやく》となるらしい。お前にも効果があるらしいな」

「な…っ」

それでか、と、桃霞は初めてこの男に会った夜の身体の疼きを理解した。あの時、今と同じように口を吸われ、その唾液《だえき》による作用で発情したようになってしまったのだ。

その時、胸に走った強い感覚に、桃霞は思わず声を上げる。

「ん、あぁ…っ！」

恥知らずにも接吻だけで硬く隆起してしまった両の乳首を、男の指先がきゅっと摘《つま》んでは優しく揉《も》んできた。鬼の体液の効果か、それとも自分の本来の淫らさのせいかは知らないが、そこを他人の手で刺激されるということがどれほど気持ちいいのかを、桃霞は初めて知ることになる。

「あ…ふ、あ…っあ、ん」

刺激されるたびに精一杯勃《た》ち上がる乳首を、神威の指先にこりこりと転がされた。そこから稲妻のような快感が生まれて身体全体に広がっていくのを、止めることができない。

「や、や…っ、くぅんっ」

「ここは気持ちいいか？　お前の好きなところになりそうだな。今に、ここだけでイかせてやる」

突起の周りを焦《じ》らすように撫で回したかと思うと、ふいに強く摘んでくる。桃霞はそのたびに背中を反らし、小さく悲鳴すら上げてしまうのだ。

「はっ、は…っ、い、いつまで、それ、ばかり…っ」

それは確かに気持ちいいのだが、核心を逸らされた部分だけを刺激されるのは、切なくももどかしい。乳首と直結してしまったような腰の奥が淫らに疼いてしまっている。きっとはしたなくも濡らしてしまっていることだろう。

「そう焦るな。夜は長い」

「んふ、あぅ…んっ！」

胸に顔を伏せた神威に、乳首を唇に含まれた。熱く濡れた舌先で突起を舐め転がされると、頭の中が白く霞《かすみ》がかったようになってしまう。桃霞は身体の下の夜着を摑んで、乳首にねっとりと舌が絡みつく感覚に耐えた。

「う、あ…っ、ああ…っ」

もう駄目、と思ったら、今度はもう片方の突起を舌先で嬲られる。両脚がぶるぶると震え、時折神威の身体をぎゅっと挟み込んだ。耐えきれなくて男を押し返そうとしても、強靱な筋肉はびくともしてくれない。ましてや、こちらは腕に力がほとんど入らないのだ。

「感じている時は素直に言葉にしろ」

「――――ん、あっ！」

前置きもなく、いきなり男の屹立を撫で上げられて、桃霞は高い声を上げる。待ち望んでいた刺激にもっと、と無意識に腰が浮いてしまうが、神威はそこをひと撫でしただけで手を離してしまった。

「あ、はぁ…あっ、ひど…っ」

「いい子になれば、泣くほど気持ちいいことをしてやる」

鬼の手管に堕《お》とされ、狂いかけた肉体を持てあました桃霞に、その言葉は甘い誘惑のように響く。こんなこと、悦んでいるわけじゃない。欲しくなんかない。仕方なく相手をしているだけなのに。

けれど桃霞は、初めて味わうその感覚に抗《あらが》えなかった。衝動に負けて自分で触る時とは、比べものにならない愉悦が体内で渦《うず》を巻いている。

「どうせこの先、何度もすることなんだ。なら楽しい方がいいだろう？」

誘惑の低い声が鼓膜をくすぐって、腰骨をじいん、と痺れさせた。桃霞は潤んだ瞳を神威に向ける。すると自分を射貫《いぬ》くように見つめている彼の視線と目が合った。その鋭さに、惚けていた意識がハッと明瞭《めいりよう》になる。桃霞は慌てて首を振った。

「誰が、そんなっ……」

「強情もたいがいにしないと、死ぬような目に遭うぞ」

神威はおかしそうに低く笑いを漏らしながら、再び桃霞のそそり立つものを、指先でそっと撫で上げた。途端に強い刺激が腰を突き上げてくる。

「んん、んんっ！」

桃霞は我慢できずに腰を揺らした。神威は今度は一度で止めずに、下から上へと何度か扱き上げる。たまらなかった。

「そ、それ、いやだっ、あぁ…っ」

焦らされると、余計に興奮が煽《あお》られるような気がする。身体中が発火したように熱くなって、しっとりと汗ばんだ肢体に夜着が纏わりついた。

「覚えがいいな。ご褒美だ」

根元をぐっ、と指で締めつけられ、そのまま全体を強く上下に擦《こす》られる。

「————ア、ぁ！」

爪先《つまさき》まで一気に痺れるような快楽が来た。すでに先端から溢れていた蜜《みつ》が、神威が指を動かすたびにくちゅくちゅと音を立てる。

「ああっ…、く、んっ、んんんんっ…！」

もう意識が飛んでしまいそうだった。恥ずかしいのに、どうしても尻が浮いてしまう。裏筋を擦られ、くびれの部分を円を描くように指の腹で嬲られると、内腿が痙攣した。

「ふあ、そ…こ、ああ、んんっ、き、きつ…っ」

「我慢するんだ」

刺激が強すぎる、と訴えると、にべもなく却下される。それどころか、神威は先端の溝を押し広げると、最も鋭敏な小さな精路の孔《あな》を執拗《しつよう》に指先で虐《いじ》めた。

「やっ、ああっあっあっ、それ、やめっ…、んっ、いやだあっ」

身体が浮くような感覚に襲われる。あまりの快感に大きく身体が捩《よじ》れるが、急所をがっちりと握られているので腰を遠ざけることもできない。これまで味わったことのない官能の波がこみ上げ、桃霞を頂点へと押し上げた。

「あ、あ…っ！　だめ、んぁあっ！　…は、あ————…っ…！」

びくんびくん、と身体中がのたうつ。絶頂の悲鳴を掌で覆い隠すようにして、桃霞は股間のものから白い蜜液を弾けさせた。それは神威の指を強《したた》かに濡らして、根元まで伝い下りていく。

達してしまった。他人に、鬼に嬲られて。だが、桃霞には自己嫌悪に浸っている間は与えられなかった。

「果てる時に、ちゃんと言わなかったな」

「え…っ、あっ！」

お仕置きだ、告げられ、両膝の裏に手をかけられて押し開かれる。その行為に、桃霞はこれまでにないほどの抵抗を見せた。もっとも、余韻に侵され、ほとんど力が入らない状態では、神威にとってはなきに等しいものだったようだが。

「よく見せてもらうぞ。お前の身体を」

「い、嫌だ、いやだ、見る…な…っ！」

これまで秘密にしてきたものを暴かれる恐怖に、桃霞は覚悟も忘れて、身も世もなく哀願した。理性が熔《と》けかけていたせいかもしれない。鼠径部《そけいぶ》が伸びきるほどに開かれ、その部分が神威の目に晒されたことを知ると、桃霞はあまりのことに目尻から涙を零して顔を背けた。

先ほどまで愛撫にまみれ、達したばかりの男の性器に隠れるようにして、女の蜜壺《みつつぼ》が口を開いている。他の部分への刺激にたっぷりと愛液を湛えたそこは、濃い桃色をした肉をひくひくと蠢《うごめ》かせ、得も言われぬ淫らさを纏っていた。

「……なるほど、これは確かに――――」

どこか上擦った声で神威が何かを言っていたが、桃霞には聞こえていない。消え入りそうになる羞恥《しゅうち》と闘《たたか》うので精一杯だった。けれど、神威がさらにその部分を指先で剝くように広げてくるのにギクリとする。

「ここを、自分で触ったことがあるか？」

「……っ」

身体の奥底がカアッと熱くなる。神威が広げている部分から、新たな愛液がとろりと伝ってくる感触に、桃霞は絶望にも似た思いを抱いた。感じている。こんなことをされてまで。その理不尽な興奮は、たとえ無言であっても雄弁に身体で答えてしまう。

昔から桃霞を悩ませていた衝動は、たびたびそこへ指を触れさせた。怖くてあまり深く指を入れたことはないが、入り口部分を刺激し、罪深い絶頂へと自分を導くのだ。そのすぐ下の後孔《こうこう》も、肉環《にくわ》の周囲を愛撫するだけで、心地いい感覚を桃霞に伝えてくれる。

「なるほど」

男はくすりと笑った。

「これからは、自分でする暇もないぞ」

神威はそう言って忍び笑うと、その部分に顔を埋《うず》めた。何を、と瞳を見開くと、伸ばされた舌が女の蜜壺に触れる。

「あ、んんんっ」

鼻にかかったような声が自分の口から漏れた。神威の長く伸ばされた舌が花弁をしゃぶり、その奥へと伸ばされる。くちゅ、と卑猥な音がして中の壁を舐められ、桃霞はその快感に震える背を大きく反らした。

「あ、あ…うう、くぅ…ふっ」

女陰の奥から、愛液が後から後から溢れ出てくるのがわかる。神威がそれを音を立てて啜《すす》り、犯すように舌を中で動かしてくると、下半身全体が熔けていくような感覚がした。

「まだ、小さいな、ここは…。広げていかないと無理か…」

神威の指が試すように挿入される。浅いところまでは気持ちがよかったが、もう少し中に入ってしまうと、それ以上の侵入が困難になった。それでも強引に入れられようとすると、裂かれるような痛みが走る。

「あ、やあっ…だっ、痛っ…!」

「……これ以上は、傷つくか。完全な女のものよりも未熟のようだな」

軽いため息が神威の方から聞こえる。

この身体は、本当に鬼に捧げられてしまったのだ。そう思った時に、自分の中の何かが壊れていくような感じがした。逃れるように思わず上方に手を伸ばすと、何か硬いものに手が触れる。布団の下に忍ばせた、生まれた時から身につけている小太刀だ。それを認識した瞬間、桃霞は思わずそれを引き抜いていた。

「────っ！」

白刃が薄闇の中で光る。渾身《こんしん》の力で身を捻《ひね》った桃霞は、頭で考えるより先に鬼の男に斬りつけていった。これだけの至近距離だ。確実に手応えはあるだろう。けれど、手首に鈍い衝撃が走ったと感じた瞬間、腕が物凄《ものすご》い力で捻り上げられる。

「あ、うっ……！」

「おいたは感心しないな」

手首から肩に走る痛みに、小太刀を握る力が抜けていく。するりと掌から抜け落ちたそれを神威が拾い、一瞥《いちべつ》した後で床に放り投げた。

「いや────、返、せ」

それは、自分の出自に繋がる唯一のものだ。遠くで横たわるそれを求めて手を伸ばすと、神威の容赦ない腕に捕らえられてねじ伏せられる。

「無駄だ。俺たちのあらゆる身体能力は人間の数倍ある。今のお前じゃ、俺に傷ひとつつけることもできないさ。ましてや、そんなに股《また》の間を濡らした状態じゃな」

「っ……！」

卑猥な言葉でからかわれ、桃霞は鋭い視線で男を睨《ね》めつけた。だがそれを真っ正面から受け止め止めた神威は怯みもせずに、夜着の帯で桃霞の腕を縛り上げてくる。

「なにを……！」

「お前は自分の立場をわかっていないようだからな。身体にわからせてやる」

縛られる恐怖に、身体が硬直する。これで何をされようがまったく抵抗できなくなるのだ。後ろ手に縛られたまま、身体を返されて腰を上げられ、尻を開かれる。すると当然、肩だけで身体を支えねばならなくなり、その屈辱的な姿勢に低く呻いた。

軽々と身体を持ち上げられ、寝台に這《は》わされた。肩を押さえつけられ、膝を立てさせられて、腰だけが上がる。

「あっ！」

「それならこっちだな」

双丘に手をかけられ、またもや秘められた部分を剝き出しにさせられた。

「前の孔はもう少し熟させる必要があるからな。今日はここを躾《しつ》けて、何度もイかせてやる。まだこっちの方が楽しめそうだ」

「…っんん、あ…っ！」

ぴちゃり、と、熱く濡れたものがそこに当てられる。後孔を舐められているのだとわかった時、あまりの羞恥に悲鳴を上げそうになった。ぬめぬめと動く神威の舌先が、小さな襞《ひだ》のひとつひとつまで唾液で濡らし、撫で上げるようにして刺激してくる。

「あ、あぁ…んぁ…」

媚薬の効果を持つという鬼の唾液が、弱い粘膜に染み込んで、そこからじわりじわりと妖《あや》しい感覚が生まれてくる。桃霞は敷布につけた肩を揺らし、肌を桜色に染め上げて、その淫らな愛撫に耐えようとした。

「ここも、いい色に染まってきたな。さっきからずっとヒクヒクと動いている」

「そ…んなっ…、あぅ、んっ」

快楽に解《ほぐ》れ、綻《ほころ》んできた肉環を舌先でこじ開けるようにされ、腰が痺れるような感覚に襲われる。内部に鬼の唾液を押し込むようにされると、もう駄目だった。

「ふあ、んぁう…んんっ…」

明らかに恍惚《こうこつ》を孕んだ声が、桃霞の喉《のど》から上がる。掴まれた尻がびくっ、びくっと揺れ、愛液の伝う内股が大きく痙攣した。

「いやらしいな」

「……っ！　あ、う…っ」

恥ずかしいところを余すところなく見られ、感じている様も知られてしまい、桃霞は羞恥で気が狂いそうだった。不自由な体勢でろくに動くこともできず、そのせいで快感が体内に蓄積されていく。後孔を嬲っていた舌先がふいに女陰を舐め上げてくると、奥の方が軽く収縮するのがわかった。

「中を舐められると、気持ちがいいか？」

「あっ、は…っ、ぅんん、や、そんなにっ…、奥までっ…、んん、ああっ」

体勢のせいか、さっきよりも舌が深く入る。後孔は入り口を指先で揉み解すようにして刺激され、肉体の奥が引き攣《つ》れるように疼きっぱなしになった。

「あ、あう、う、……ん、んんぅくぅんん…っ！」

その途端、女陰の奥で激しい快感が爆発して、桃霞は絶頂感に切れ切れの悲鳴を上げる。蜜壺から溢れ出した愛液が内股を伝い、敷布を濡らしていった。

「こっちで果ててしまったのか」

くすり、と笑う声が背後で聞こえ、桃霞は羞恥と快感で啜り泣く。そこは確かに刺激を与えれば快楽を得ることができるが、達してしまったのは初めてだった。こんな状況でいとも簡単にイかされてしまい、悔しくてならない。けれどそんな思いに浸っている間は桃霞には与えられなかった。腕を引かれ、上体を抱え上げられると、いきなり神威と向かい合わせにされる。膝の上に乗せられた桃霞は、欲情にまみれた顔を見られる戸惑いに顔を伏せた。すると大きな手が頬《ほお》や首筋に乱れかかる髪を払い、柔らかくかき上げてくる。

「……あっ…、う…っ」

背後をまさぐる神威の指が、後孔に侵入してきた。ツン、とした異物感に顔を歪めてしまうが、中の肉をゆっくりとかき分けるようにして挿入されると、足先にじわり、と甘い痺れが走る。

「欲張りで、いじらしい孔だな。……痛くはないだろう？」

「…っふ…、ん、んんっ…」

「唇を噛むな」

ズズッ、と深く入れられ、奥の方で指先を小刻みに動かされた。その瞬間にはっきりとした快感が背骨を駆け上がり、桃霞は汗に濡れた喉を反らして喘《あえ》ぐ。

「あ、ああっんっ」

思わず腰を揺らしてしまうと、再び屹立した股間のものが神威の腹で擦られた。その刺激がもっと欲しくて、まるでねだるように股間を押しつけてしまう。いけない、やめないと、と心の中で自制しても、すでに数度達してしまった肉体は持ち主である桃霞の意志を裏切りはじめていた。

「はあっ…、ああっ、う…んっ、や、な、なか…、広げる…なっ」

二本に増やされた指で内部を押し広げるようにされると、腰骨が疼いてしまう。

「俺のはこんなものじゃないぞ。もっと慣らして、柔らかくしておかないとな。お前だっていいんだろう？　さっきから俺に押しつけてきてる」

「…あっ、ああぁんあっ！」

ふいに前方の男性器を握られ、撫でられて、桃霞はもはや抑えることも忘れた嬌声《きょうせい》を上げた。後孔に二本も指を含まされ、中を擦られ、頭の中が真っ白になる。

「あっ、あっ、ひぃ…っ、あぁんっ」

敷布の上に投げ出された、すんなりとした両脚ががくがくと震えた。身体に力が入らなくて耐えることができない。だいぶ慣れたと見なしたのか、神威はそれから執拗に桃霞の後孔を二本の指でかき回し、こね回した。喘ぐ唇の端から零れる唾液を舐め上げられると、背中をぞくぞくと震わせてしまう。とある一点を神威の指が押し上げてきた時に、飛び上がらんばかりの快感が広がって、桃霞は男の膝の上ではしたなく腰を揺らしながら喘いだ。

「あっ、あっ、ふぁあっ…！　ああっ！」

「こんなに感じるところがあるなんて、得な身体だな」

得なんかじゃない。こんな欲深い身体は嫌だ。

桃霞はそう訴えようとしたが、肌を真っ赤に火照らせて悦楽に身を捩っている状態では、説得力も何もない。

後ろを嬲っていない方の神威の手は、憎らしいほどに巧みに桃霞の屹立を撫でたり、あるいはその下の女陰をくすぐるようにまさぐってくる。そして濃厚な接吻を仕掛けられたり、あるいは尖った胸の突起を舌先で転がされたりとひと時も休まず愉悦を与えられ続け、桃霞はその状態でまた何度か達してしまった。

「…や、うぅ…あっ、あ――――…っ」

神威の手の中に、どくっ、と蜜液が吐き出される。卑猥な朱鷺《とき》色に染まった桃霞の屹立は、射精の余韻にピクピクとその身を震わせていた。

「は、あ、もぉ…や、も、もう、許…し…」

これ以上、延々と快楽で責められるのは耐えられない。頭の中がぼうっとして、何かとんでもないことを口走りそうになる。桃霞は男に哀願するように首を振り、許しを請うた。

「この後は、俺のをここに受け入れてもらうぞ。それでいいのか？」

深く挿入された神威の指が、内壁をぐるりとかき回す。その途端にまたイきそうになって、桃霞は唇を嚙み締めながら呻いた。

犯されなければ、終わらない。

その事実は桃霞の端麗な顔を歪ませたが、どのみちそうなるのは避けられない運命だったのだ。それなら、とっとと済ませて欲しい。

「い、いい…から…」

「言い方が気に入らないな」

それなのに、神威は涼しい口調でまた桃霞の乳首に舌を這わせてきた。鋭敏な性感帯と化してしまったそこは、転がされるたびに痺れるような快感を伝えてくる。

「ああ…ん…っ！」

「入れてください、だろう？　俺はお前の夫となるんだからな」

屈辱的な言葉に、肩が震えた。それなのに、神威の指を銜《くわ》えた肉洞《にくどう》はうねるように絡みついていく。強いられる羞恥を、期待しているとでもいうのだろうか。

けれど桃霞の心は、すでに快感に屈しかけていた。このまま続けられたら、きっと気が狂ってしまうに違いない。

「……っぁ、い、入れて…くださ…っ」

屈辱のあまり気を失ってしまいそうだ。そして案の定、一度堕ちた心は止まることなく、快楽を得るために男に従おうと動く。

「どこに？　前か？　それとも尻か？」

先ほどの苦痛を思い出し、桃霞はぶるぶると首を振った。指でさえ痛かったのに、男のものなど入れられたら、きっと裂けてしまうに違いない。その代わりにさんざん慣らされた背後は、もっと深く、強いものが欲しいとさっきからうねりはじめていた。気づかないようにしていたが、選ばされることによってはっきりと思い知ってしまう。

「う、後ろ…にっ、お尻に、くださいっ…！」

言いながら、桃霞は涙を零した。甘い屈辱に苛《さいな》まれ、悔しくて仕方ないはずなのに、どうしようもなく昂《たか》ぶっていく肉体を止められない。

「いいだろう」

縛られたまま膝の上から寝台に横たえられ、両膝に手をかけられて大きく開かれる。濡れそぼった脚の間を露わにされ、桃霞は力の入らない足を弱々しくバタつかせた。そして身を捩らせた時に目に入った男のものに、桃霞は思わず息を呑んでしまう。

それは自分のものとはまったく違う様相を呈していて、まさに凶器のように見えた。

「そ、そんなのっ…、入るわけ…っ」

「お前なら大丈夫だ」

胸に膝頭がつくほどにひどい格好にされ、熱く蕩けた場所に神威の先端が当てられる。

「力を抜いていろ。息を吐け」

「ま、待っ…、あ、う、……んんくぅう…っ！」

熱くて、大きなものが、身体の中をこじ開けて這《は》入《い》ってきた。桃霞は相応の苦痛を覚悟していたが、肉環をめいっぱい広げられた瞬間、そこからじわりと湧き上がってきた快美感に、ぞくん、と背中を波打たせた。

「……っふ、あ…っ？」

「……いい子だ。もっとここを緩めて、俺を呑み込みな」

ズズッ、と神威が慎重に、けれど容赦なく腰を進めてくる。すっかり快感を覚えさせられ、躾けられたその部分は、それでも大きすぎる神威を懸命に受け入れようと蠕動《ぜんどう》した。

「…はっ、ああっ、いや、……いっぱい…に…っ」

奥まで拡《ひろ》げられていく。その感覚が、脳が蕩けそうになるほど気持ちがいい。いくら指で慣らされていたとはいえ、こんなこと初めてなのに、どうして。

「俺とお前はどうしたって相性がいいんだ。諦めろ」

「あ、ああ…っ、あぁぁあっ！」

軽く揺すられながら奥まで入れられ、足の指先が痺れた。

これも鬼の体液の効果なのだろうか。縛られて両腕を封じられ、こんな恥ずかしい姿で鬼のものを受け入れされられて、それでも感じている。

「……さすがにキツいな」

それでも、まったくすんなりと、とはいかないようだった。痛みはなくとも、長大なものを呑み込まされる圧迫感はある。桃霞はその苦しさから逃れようと、はあはあと肩を喘がせ、大きく息をついた。

「よしよし、よくがんばったな。全部入ったぞ」

大きな手が、汗で顔にはりつく髪を優しげにかき上げる。恐ろしくてもう見ることもできないが、鬼の男のものは桃霞の中に収まってしまったようだった。彼はそのまま内部の感触を楽しむように、少しの間じっと動かずにいる。

「……くる、し…」

「今によくなる」

ぎっちりと銜え込まされた内部で、男のものがどくどくと脈打っていた。内壁にその熱さが伝わり、拡げられた媚肉がヒクン、とわななく。

「……っ」

それを自覚すると、なぜか圧迫感がだんだんと消えていった。肉洞が奥の方から少しずつ収縮して、凶悪な男根さえも受け入れようと包み込んでいくのがわかる。

「馴染《なじ》んできたか？」

いや、と首を振ろうとした。だがどうしてなのか、潤んだ瞳で男を見返すことしかできない。神威はそんな桃霞の様子を探るようにじっと見下ろしていたが、唇に軽く接吻をしてきたかと思うと、ゆっくりと腰を揺らしはじめた。

「は、あ…っ、あぁああ…っ」

これまでに経験したことのない種類の快感が走る。身体の奥の方がきゅううっと引き絞られるような感覚は、桃霞を動揺させ、その肌を震わせた。

「どうだ…？　中で感じるのは、初めてなんだろう？」

「あ、んん…うぅ、あ、い…い…っ」

身体中がぞくぞくする。覚えのいい桃霞の肉体は、一度感じはじめてしまったらもう止まらなかった。探るような動きで後孔の内部を擦り上げられ、そのたびに思わず声を上げてしまいそうになる。

「平気そうだな。もっと強くするぞ」

「や、いやだっ、やだ、これ以上はっ…！」

怖い、と口走って、桃霞は首を振る。乾いたばかりの黒髪が、敷布に当たってぱさぱさと音を立てた。

神威はそんな桃霞にお構いなしに腰を引き、自身を引き抜いていく。

「ああ…う」

張り出した部分が壁を擦っていくのがよくて、腰が浮いてしまった。すると次の瞬間、男根がまた深く、一気に挿入される。ぐちゅん、という音さえ立てて、奥を突かれて、無意識に背中を反らした。

「ふあ、あああっ…！」

恐ろしいほどの快感だった。そのまま息をつく間も与えられずに小刻みに突き上げられて、わけがわからなくなりそうになる。

「あっ、ひぃ、んんっ、や、ア、こ…こんな…っ、あ」

「初めてなのにこんなに感じて、この先どうするんだ？　しばらく朝から晩までこればっかりだぞ」

笑いを含んだ、艶めいた声が耳に注がれた。鼓膜をくすぐる響きに身体の芯が痛いほどに疼いて、銜え込んだ男をきゅうきゅうと締め上げる。

「……ああ、すごいな。なんて孔だ」

自分を組み敷いている男の身体が、熱を帯びてきた。荒い呼吸が桃霞の肌をくすぐり、それが一層理性を狂わせる。熔けていく。

「う、うあっ…ふ、あ…う…っ、んん、んんん…っ！」

下半身が弾けてしまうような快感に耐えきれず嬌声を上げ、桃霞はがくがくと腰をわななかせながら達した。自らが放ったもので下腹を濡らし、なかなかおさまらない波に身を捩る。

「後ろでイったか」

神威が何かを囁いている。中心を穿たれたままの桃霞はどうすることもできず、まだ激しく脈打つものを内部で持てあましていた。それは未《いま》だ硬く、精を放っていない。

「もう、だめ…」

「そう言われてもな。こっちがまだ終わってねえ」

初めてなのに、酷《こく》なほどの責めに悶《もだ》えている肉壁を、男根が再びかき回してくる。

「あうぅ…っ！」

「気にせず、好きなだけイけ。今日は何度気をやっても許してやる」

だが明日からは簡単にイけると思うなよ、と言われ、桃霞は恐ろしさに竦み上がった。いったい何をされるのだろう。

けれどそれに怯えている余裕すら与えられずに、桃霞は神威に、熟れはじめた後孔を擦られ、こね回され、突き上げられる。狭い肉洞を男根で拡げられ、その形をすっかり覚えてしまいそうなほどに犯されて、桃霞はそれから幾度も絶頂に達した。

「あ…あ、いぃ…や、んんあぁぁ…っ！　ま、またっ…！」

神威もまた、無遠慮に桃霞の中に精をぶちまける。そのたびに媚薬が染み込むように敏感にさせられ、ひと晩にして恐ろしく淫らな身体に変えられてしまうのではないか、と思った。

「こ、壊れ…、壊れ…るっ」

長大なものを受け入れさせられている場所ではない。何か、固く固く守られているものの薄皮が、一枚一枚剝《は》がされ、その中で膝を抱えるように隠れている核にひびが入っていくような感じ。それが壊れた時、自分が自分でいられなくなる。何か異質なものに変貌してしまう。

そしてきっと、この鬼はそれを望んでいるのだ。分け合った熱から、桃霞はわけもなくそう思った。

「壊れてもいい。人間の殻など、捨ててしまえ」

ひどい、と思った。こんな身体をしている自分は、人間などではないとでも言うのだろうか。それこそ、むしろ鬼に近い存在だと。

「んん、くぅう…っ！」

何度目かの神威の精液が、後孔を濡らし上げる。その酩酊感《めいていかん》にくらくらしながら、桃霞は押し寄せる恍惚に身を委ねるしかなかった。

朝になり、寝台の上で目を覚ました桃霞は、猛烈な羞恥に襲われて身体を硬くした。昨夜自分の身に起こったことが現実だと受けとめられず、それでも体内に残る違和感がそれを残酷なほどに主張していた。今すぐここから逃げ出したいとさえ思う。

どこかへ身を隠すか。だがどこへ。

そんなことを考えていると、まさに目の前の扉が叩かれる音がする。飛び上がらんばかりに反応してあたりの掛け布で身体を隠すようにすると、昨日、夕食を運んできた少女が朝餉《あさげ》の膳を運んできた。昨夜、床に落とされた小太刀はきちんと鞘に収められ、枕元《まくらもと》に置かれている。

あの鬼はどうしてこれを取り上げなかったのだろう。

「おはようございます、桃霞様」

「……おはよう」

少女は桃霞の寝乱れた姿を見ても、表情ひとつ変えずに卓の上に朝餉を並べはじめる。

「神威様は、朝議に出られています。湯殿の仕度もできておりますので、どうぞ、お好きな時に」

「ああ、ありがとう」

桃霞はホッとして肩の力を抜いた。一人になり、野菜粥《やさいがゆ》と味噌《みそ》の汁物の朝餉をとった後、湯に浸《つ》かりに行こうとそっと扉を開ける。廊下に誰もいないことを確かめて、桃霞は昨夜も入った湯を使った。身体は軽く清められていたが、どちらのものかもわからない体液を洗い流し、ようやく息をつく。

自分は果たして、ここで生きていけるのだろうか。

またあんなことをするなんて、きっと無理だ。頭がおかしくなってしまう。

ここにいては危険だ。

だが幸いにも、神威は自分を軟禁しようという意志はないようだった。逃げられないと思っているのだろうか。確かに、この絶海の孤島ともいうべき島では、桃霞には人里へ出る術《すべ》はない。船を調達することも難しいだろうし、一人で操船してあの荒れた海を渡れるとも思えない。そして何より、そんなことをしてはならないという思いがあった。自分は生け贄なのだ。贄が逃げては、人の世に災いが降りかかる。

――私は、そのために生きているのだ。

鬼の総領である神威に蹂躙されるのは仕方がないと、諦めるより他はない。

桃霞はこっそりと部屋を抜け出し、人影のない方へと足を進める。しばらく彷徨《さまよ》った後、廊下の向こうの突き当たりに扉を見つけ、そちらへ行ってみようと足を向けた。もちろん、猿田彦たちから託された密命の件だ。

あの男の鼻を明かしてやりたい。

昨夜あれだけ屈辱的な目に遭わされ、桃霞は何がなんでも、という気持ちになっていた。

だが、

「――――何をしている?」

「‼」

ふいに声をかけられ、桃霞は飛び上がりそうに驚いた。咄嗟に振り向くと、そこには神威と、昨日会った彼の幼なじみだという音斬、そして数人の鬼たちがいて、こちらを見ている。

――――まずい、見つかった。

桃霞はその廊下の先へ行こうと身を翻そうとする。

「音斬」

「了解」

神威が短く命令を下すと、音斬の腕が桃霞を捕らえ、その腕の中に抱き込まれた。

「……離せ」

「どこへ行こうとした? 城から逃げ出そうとしたのか?」

後ろから音斬に押さえつけられた桃霞を、神威がからかうような表情で覗き込んでくる。

わざと部屋の鍵《かぎ》を開けておいたくせに、と睨みつけると、彼はその男っぽい口元に笑みを浮かべた。

「その部屋の中に入れろ」

「や……っ」

神威が顎をしゃくる。何をされるかわからない恐怖に抵抗を試みるが、鬼の腕力には敵《かな》うはずもなかった。

「長椅子《ながいす》に寝かせろ」

鬼の一人が壁際にあった長椅子を運んでくると、桃霞はそこに押し倒された。両腕を頭の上にそれぞれ押さえつけられ、バタつく脚も左右から抱えられる。そして脚の間に悠々と神威が入ってきて、当然のように桃霞の衣服を脱がしはじめた。

「い、や、嫌だ、やめ…っ！」

我ながら情けないと思いながらも、つい泣きそうな声を上げてしまう。その瞬間に神威の手が一瞬止まったような気がしたが、彼はすぐに行為を再開した。

「逃げようとしたお仕置きだ」

「逃げる気なんてない！」

売り言葉に買い言葉のように、どうしても悔しくて、桃霞は押さえつけられながらも神威に噛みつくように言い放った。そんな覚悟のない奴だと思われるのも嫌だった。

「なら結構だが、少しばかり状況が変わったんでな。お前はこれから、こいつらに抱かれてもらう」

「な……」

彼が何を言っているのか、理解できなかった。自分は神威に娶《めと》られるのではなかったのか。なのにどうして他の男に貸し与えるような真似《まね》をするのだろう。

「この島の鬼たちが、お前の身体を狙って群がってくる。しっかり可愛《かわい》がられるんだな」

その間も鬼たちの手が、桃霞の衣服を脱がし、乱してくる。身を捩って拒絶しながら、桃霞は到底納得できない事態に悲痛な声を上げた。

「どうしてそんなことを…っ！」

「必要なことだ」

神威は部屋のどこからか香炉《こうろ》のようなものを取り出すと、中に火を入れ、それを床の上に置いた。なんの真似だと思っていると、そこからすぐに甘ったるい、鼻腔を刺激するような香りが漂ってくる。思いきり吸い込んでしまうと、頭の芯がくらり、と揺らいだ。

やがて無防備な肌が鬼たちの前に晒され、桃霞はきつく目を閉じて顔を背ける。いくつもの視線が突き刺さってくるような感覚に、肌が粟立《あわだ》った。

「いやらしい身体だな」

すぐ側で聞こえるのは、音斬の声だろうか。他の鬼たちがごくりと唾《つば》を飲み込むような気配も感じられ、桃霞は怯えて身を竦ませる。

やがて両脚がぐっ、と曲げられ、昨夜神威に暴かれた自分の秘密が、他の鬼たちにも晒されてしまった。

「そうら、拝ませてやる。我が花嫁の大事なところだ」

股間のものに手を添えられ、その下に隠れた女陰を、神威の指にそっと押し広げられる。

「あ……っ」

全身が羞恥にカッと熱くなるのを感じた。桃霞の身体は持ち主の意志を裏切り、鬼たちに見られている、と思うだけで、そこが疼きはじめる。

「これが……」

「本当に両方あるな……」

こんな身体を見られて、欲情されている。なのにどうして自分までもが興奮してしまうのか、桃霞は信じられなかった。昨日の今日で、肉体が快感を覚えているとでもいうのだろうか。

「後ろは昨夜俺が道をつけたから好きにしていい。だがこっちは駄目だ。舐めたり、少しぐらいは指を入れてもいいが、その先は俺のためにとっておけ」

神威がおどけるように鬼たちにそう言うと、いっせいに忍び笑うような、淫靡《いんび》な気配がその場に満ちた。

「わかってますよ、神威様」

「俺たちも桃霞様の躾けをお手伝いします」

「口は？」

音斬が桃霞の唇を指先でなぞってきた。その卑猥な動きに、びくっ、と肩が揺れる。

「……まあいい。接吻も口淫も許してやる」

「渋々だな。体液を注ぐには、手っ取り早いんだから仕方ないって感じか」

「そんなところだ」

今ひとつ掴めない会話が頭上で交わされた。だがそれでも、自分の身によからぬことが降りかかるのだろうということは疑いようがなくて、桃霞は無力感に眉《まゆ》を寄せる。

島中の鬼たちが自分を抱く。

実感の湧かなかったその事実を目の前に突きつけるべく追いつめられ、桃霞はどう覚悟を決めていいのかわからず、覆い被さってくる鬼たちの下で身体を跳ねさせるしかなかった。

神威の舌が、桃霞の女陰の中をねぶり回し、あるいは舌先で何度も舐め上げてくる。

そのたびに腰がビクッ、ビクッと動き、自分が感じていることを如実に示してしまっていた。

「…ん、んふ…ぅんっ…」

口は音斬によって深く塞がれ、舌は搦《から》め捕られて、巧みに吸われてしまっている。そして上と下から注がれる鬼の体液は当然のことながら桃霞の身体を燃え上がらせ、狂わせてしまっていた。

肌の至るところを愛撫する鬼たちの手は、敏感な部分を見つけると執拗にそこを責め立てる。胸の上のふたつの突起は、両方とも摘まれ、転がされて、精一杯勃ち上がっていた。

「あっ、ぁあ…っんんっ！」

唇を解放された瞬間、それまで抑えられていた嬌声が一度に漏れる。自分でもはしたないと思うその響きを、だが桃霞は我慢することすらできなかった。

「はあっ、あっ、や、やめ…て」

快楽は、昨夜覚え込まされたばかりだ。けれどそれは肉体に深く根づいてしまったように、容易にその感覚を蘇《よみがえ》らせる。

「遠慮しないで、気持ちよくなっていいですよ。どうせ耐えられないでしょう？」

意地悪な音斬の指先が、腋の下や脇腹を悪戯《いたずら》するようになぞっていく。くすぐったいはずなのに、今の桃霞にはそんなことすら快感だった。

「ここも、昨夜よりこなれてきたな」

「あっ、あっ！」

くちゅ、と女陰の中をかき回されて、腰の奥が引き絞られるような愉悦に下肢を震わせた。そしてまたすぐに奥まで舌を差し入れ、中の壁を舐められる。

気持ちがいい。昨日よりもずっと感じやすくなっている。これでは、いくらも保たないうちにイってしまうだろう。

「そ、そんな…っ、そんな、舐めな…で…、も、もう、もうっ…!」

「あそこ舐められてイっちゃうんですか? 桃霞様」

「こっちももっと、気持ちよくして差し上げますよ」

指の腹で転がされていた乳首を、指先で何度も弾くように刺激される。胸の先から伝わる快感が背中を駆け降り、性感の奥までにも届いた。

「あっ、ひ、んんぅうっ! だ、だめっあっ、あっ、んぁあ――――!」

長椅子の上で背中を仰《の》け反らせ、桃霞は全身で絶頂に達した。神威に握られていた男の性器から蜜液を迸《ほとばし》らせ、彼の掌を濡らす。そして神威がようやくそこから顔を上げた時、彼は舌先から透明な糸が引いていた。

「ぐっしょりだな」

「さすがは桃霞様。見事なイきっぷりだ」

「……っ、…っ」

余韻というには強すぎる波に身体が痙攣する。複数の鬼に身体を弄《もてあそ》ばれ、達してしまった悦楽は桃霞から抵抗しようとする意志さえ奪う。こんなに恥ずかしくて、そして悔しいのに、肉体はその行為を明らかに悦んでいた。昨夜、快感を覚えさせられた後孔は、わざとなのかそこだけ何もされていない。なのに、ヒクヒクと収縮を繰り返している。

「いつかここで潮を噴かせてやる」

濡れた花びらを弄んでいた神威が、興奮を抑えているような低い声で囁いた。それが意味するところはわからなかったが、何かひどくいやらしいことをされるというのだけはわかった。

「も、う…、許し…、こんな、大勢で…っ」

哀願してはみたが、これで許されるわけではないだろう。力の入らない身体を起こされ、桃霞は長椅子に手をつかされる。すると後ろから腰を支えていた音斬が、桃霞の双丘の狭間に自らのものをねじ込む気配がした。

「あっ嫌だっ…、入れ、なっ…！」

「駄目ですよ。もう神威に教えてもらったんでしょう？　ここで気持ちよくなるの」

覚えのある熱い感触が、昨夜さんざん陵辱された場所に押し当てられる。すでに気持ちを裏切って暴走しはじめた桃霞の肉体は、そこに凶器の切っ先を感じただけで、ぞくん、と疼いた。

「ふあっ…、あ、あ――――…！」

ズズッ、と音を立ててそれが体内に這入ってくる。挿入の瞬間に、全身が総毛立つような快感を覚え、思わず狼狽《うろた》えた声を上げてしまった。

「あぁ、んんんんっ！」

こみ上げてくる快感を否定するように、桃霞は長い髪を振り乱してかぶりを振る。昨夜神威に教え込まれた、自分が自分でなくなるほどの愉悦。

「どうだ、具合は？」

「……すごいな、さすが双月だよ。たったひと晩でよくここまでなったもんだ……。油断すると、持っていかれる」

「なんとかなりそうか」

「ああ、ちょっと、無理だ。そんな余裕ない」

白く霞《かす》みはじめる理性の中で、交わされる意味のわからない会話の中に聞いたことのある単語を見つける。

双月。

彼らはあの時も、確かにそう言ったのだ。

それは単に鬼の花嫁となる者を指す言葉なのか、それとも――――。

「……あ、あっ！」

急に両脚を抱えられ、上体を引き上げられる。音斬が桃霞と繋がったまま後ろに座り込んでしまったので、そのまま自重で男のものを根元まで銜え込むはめになってしまった。そうしてさらに両脚をめいっぱい広げられ、濡れそぼった部分をいくつもの目に晒してしまう。恥ずかしさに意識が飛びそうになるが、それよりも快感の方が強かった。

「くぁああ……っ」

宙に浮いた頼りない爪先が、全身に広がる気持ちよさに耐えかねてぶるぶると震える。

「これで他のところも可愛がれるだろ」

「や、あっ！　嫌だ、いやっ…！」

この状態でもっと嬲られたら、絶対に正気ではいられなくなる。桃霞はそれを恐れて、自分に伸びてくる複数の手を首を振って拒絶した。

「そんな、そんなことされたら、おかしくなるっ…、変になるからっ」

「だからするんだよ」

真顔で言った神威の表情に、桃霞はふと目を奪われる。けれどそれも一瞬で、敏感なところを刺激してくるいくつもの愛撫に、耐えられずに嬌声を上げた。

「んぁ…あ…、く、ひぃっ…いっ」

くちゅくちゅ、ぬちゃぬちゃと、身体の至るところからいやらしい音が聞こえてくる。

「あ…っ、あぁはっ、ああっ、んぅうう……っ！」

背後を男根で貫かれ、すでに熟れはじめた媚肉をかき回されている。そして別の鬼に指で押し開かれた女陰を舌で犯され、その柔肉の隅々までも舐め蕩かされていた。それだけでもたまらないのに、刺激にそそり立ち、わなないている男根をまた別の鬼に握られ、上下に扱かれている。下半身を完全に占拠された桃霞は、頭が破裂しそうなほどの快感に、ただ喘ぎ泣くしかなかった。

そして淫らな仕打ちに晒されているのは下半身だけではない。また別の鬼の指が、限界まで尖ったふたつの乳首を指先で虐めている。

「あっ、ひゃっ…、ああっ、そこっ、痺れ…るっ…」

突起の周りの桜色をした部分を焦らすようになぞられ、時折ふいをつくように硬くなった乳首を弾かれた。その感覚に耐える間も与えられずに指先で転がされるたび、桃霞は前と後ろの感じる孔をひくひくとわななかせる。

「頭が真っ白になるだろう？　そのまま自分を解放しろ」

神威は今、まるで高みの見物を決め込むように狂乱の輪から外れて乱れる桃霞を見下ろしている。その薄青い双眸《そうぼう》からの視線を感じるたび、桃霞は自分でもどうしようもないほど昂ぶっていくのを感じた。

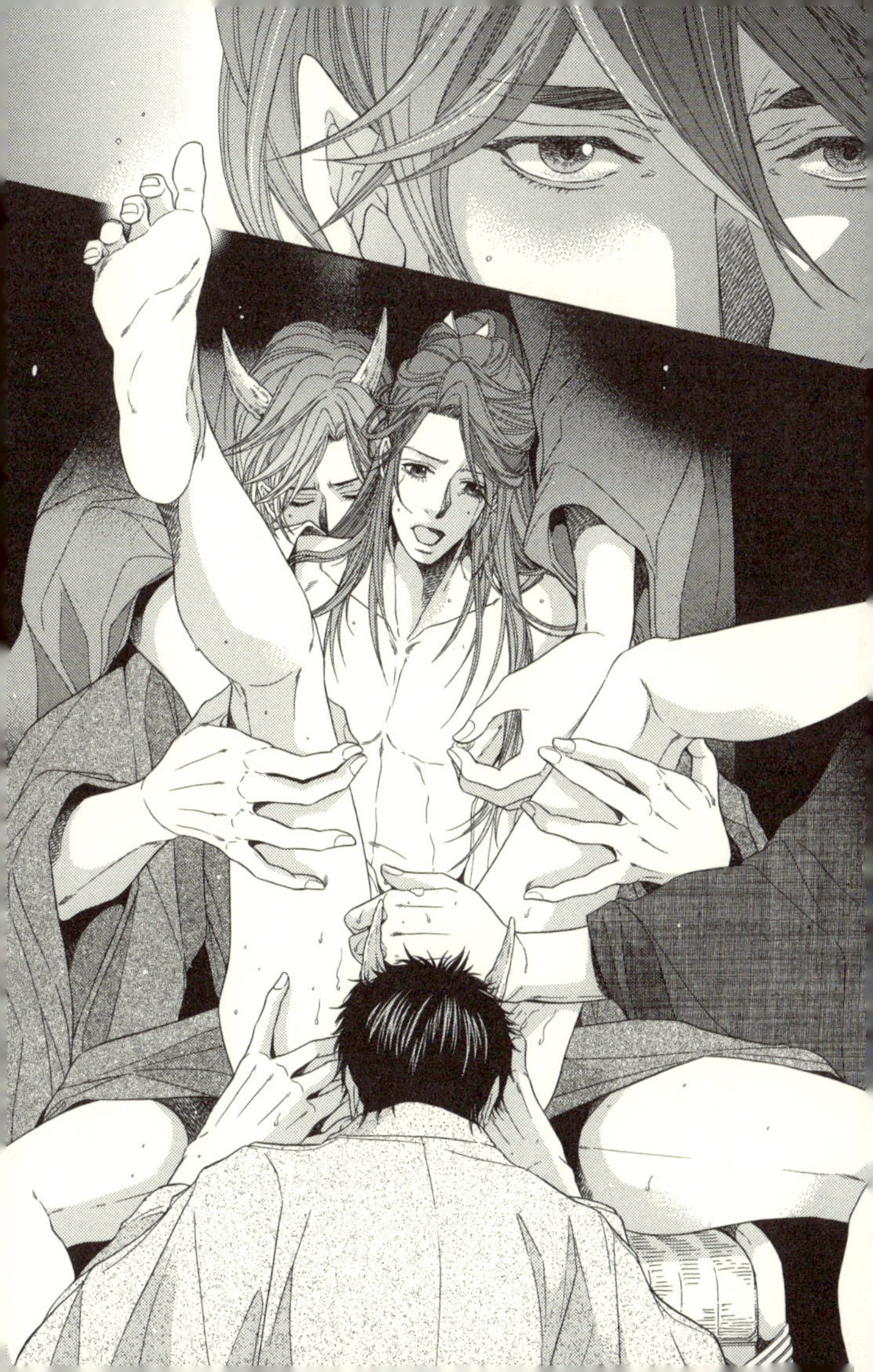

「や、う…っ、やあっ、そんな…っ、恥ずかし、い…っ」

自分をどこかに誘導するような神威の声に首を振ってはみるが、こんなに身体を蕩かせては説得力などあるはずもなかった。

深く銜え込まされた男根は桃霞の疼く媚肉をこね回し、擦り上げては耐えがたい快楽を送ってくる。音斬は鬼の強靱な膂力《りょりょく》で桃霞の両脚を摑み、持ち上げては容赦なく下ろしてくるのだ。そしてそんなふうに開かされた股間を、別の鬼の舌が追いかけるように舌で責めてくる。興奮に勃ち上がった男のものまで愛撫されてキツい快感を与えられ、さらに乳首まで嬲られては、桃霞はただ啜り泣きながら悶えるしかなかった。

「はっ、ああっ！　も、もう…い、い、くぅ――――…！」

目も眩《くら》むほどの絶頂に全身を震わせる。背後に挿入された音斬をめいっぱい締めつけると、耳元で息を詰まらせるような声が聞こえた。同時に体内の奥に熱いものがぶちまけられたような感覚。

「あぁあっ！　ああっ…！　い、いっ…！」

その瞬間、桃霞は自分の肉体に信じられない変化が起こったのに動揺し、淫らな声を上げた。達したばかりなのに、もう次の波が押し寄せてきている。続けざまの絶頂に、細い腰を卑猥に振り立ててしまった。

「イきやすくなったな」

「は、ひ……っ」

まだがくがくと震える身体から男根を引き抜かれ、今度は別の鬼に後孔へ挿入されようとしている。もう拒むことすらできず、桃霞は岩のようにいきり立っているそれを受け入れさせられた。

「さあ、ここの力を抜いていてくださいね」

「ふあ、あああぁ…っ」

入れられただけで、またイきそうになる。誰に犯されても感じてしまうのは、やはり自分は生来の淫乱なのだろうか。だからこんなふうに、鬼たちに陵辱されるために選ばれたのだろうか。

「いい顔だ。その顔を見ているだけで興奮する」

泣き濡れた、おそらく恍惚としているだろう顔を、顎を捕らえて持ち上げられ、神威が舌を入れて口腔をまさぐってくる。もうわけがわからなくなっている桃霞は、舌をしゃぶってくる彼に自分からそれを差し出し、注がれる唾液を飲み込んだ。

「あう…、そ、それ…っ、気持ちいい…っ」

舌の嬲りによってひくひくと収縮している女陰に、音斬が指を入れてくる。それだけで腰の奥が切ないほどに感じてしまい、注意深く探ってくる指を思いきり締めつけてしまった。

「このへんまでなら大丈夫かな。…そら、ここはどう?」

「……っあっ、あっあっ！　た、たまらなっ…」

音斬の指が膣内《ちつない》で動くたびに、奥から愛液が溢れ出て耳を塞ぎたくなるような音が響く。もはや快楽に逆らえなくなった桃霞は、促されるままにはしたない言葉を口にした。そうすると、自分もさらに興奮してしまうことに気づいたのだ。そして自分の女の部分は昨夜よりもさらに淫らになったようだ。そこを弄られて、朱鷺色に隆起した男性器の先端から、透明な蜜が滴り落ちる。音斬の頭が下がり、その雫《しずく》を舐め上げるように舌先で辿られて、身体の芯が発火しそうになった。

「あああぁあっ…んんんっ…！」

快感が強烈すぎて、ぐん、と背中が反り返る。胸の上で、まるで差し出すように膨らんだふたつの突起を、今度は両側から舌で責められた。

「あ…んっ、はあっ、やっ、乳首…感じ…っ」

身体中の感じるところを嬲られ、性感を目覚めさせられ、自分の身体が物凄い速さで変化していくのがわかる。怖いのだが、それ以上に快感が上回っていた。

「だ、んっ…、めぇっ、ま、また、イくっ…、果てて、しまっ…！」

次の瞬間に屹立を吸われ、唇で強く締めつけられて、桃霞は濡れた声を上げながら音斬の口の中に飛沫《しぶき》を放った。

「あぁあああ……！」

体内を快楽の稲妻が走る。閉じた瞼の裏がちかちかと光る。桃霞はなんの意味もなさない言葉を口走り、身体中を覆う快感に悶えた。

「今のはすごい果てようだったな。さすがに全部一度に可愛がられると、たまらなくなってくるか？」

神威の感心したような声が聞こえる。

「…あっ…、あ…う…」

まだ痙攣がおさまらず、うまくしゃべれない。桃霞の放ったものを飲み下した音斬は、そこを後始末するようにまだちろちろと男のものに舌を這わせている。女陰の中に埋め込んだ指も、相変わらず妖しく蠢いていた。

「だめ…、それ以上されたら…、死ぬ…、ああ…ん…」

「お前がこれくらいで死ぬはずがない」

神威のあっさりとしたひと言のもとに、また背後の鬼が交代する気配がする。

「全員の相手をしてもらおうか。そうしたら、この場は許してやる」

「そ、そんっ、なっ」

この熱された蜜のような快感をこれ以上強いられたらたまったものではない。だが鬼たちは容赦なく桃霞の肉体を拓き、理性を狂わせようと執拗に責め上げてきた。

まるで何か、そうしなければいけないように。

さんざんな目に遭わされた桃霞だったが、鬼たちはきちんと身体を整え、後始末までして去っていった。

「………」

まだ、指先までじんじんと痺れている。何度も絶頂に追い上げられた肉体は、動けるようになるまでしばらくの時間を要した。

なぜ、自分がこんな扱いを受けるのだろう。初夜の日に、夫となる神威に逆らったからか？

桃霞はゆっくりと長椅子の上に起き上がり、熱く長いため息をつきながら思った。

いや、それにしては何かがおかしい。第一、自分を陵辱する許可を出した神威は、明らかに仕方がなさそうだった。そうまでして桃霞を辱める目的が、何かあるのだろうか。

——鬼の考えなど、桃霞には知るよしもないが。

そして犯されることに耐えかね、自害することも叶わない。ここに来た時に強制的に島の埠頭《ふとう》で追い返された猿田彦たちは、今頃どうしていることだろうか。

彼らの話では、鬼たちを始末する作戦として、しばし準備が必要だと言っていた。

早く、早く来て欲しい。このままこんなふうに嬲られ続けていては、きっと自分はおかしくなってしまう。

たった一日で、もうここまで堕落してしまっているというのに。

それでも今は耐えるしかないと唇を噛み、桃霞はゆっくりとした動きで長椅子から降りる。床に足をついた瞬間にぐらりとしたが、それは一瞬のことで、なんとか歩くことができるようだ。

あれだけのことをされたにもかかわらず、意外なことだ。

それでも身体が動くというのはありがたい。

とにかくこの場所にはいたくなくて、桃霞は最後に髪を整え、まだ濃密な交わりの匂いの残る部屋をそっと出ていった。


その夜もまた、桃霞の寝室を訪れた神威によって、否応《いやおう》なしに身体を拓かされた。

夜の神威だけとの行為は、夫として当然のことだとでも言うつもりだろうか。

昼間に植えつけられた快感の火種は、ほんの少し触れられただけでも簡単に目覚めてしまう。こうして自分の身体は淫靡に変えられてゆくのだ、と桃霞は唇を噛んだ。そしてそれも、熱い喘ぎで解かれてしまう。

「ん、ふ…っ、は、あぁ…んん…」

もうすっかり男を受け入れることに慣れてしまった後孔に深々と神威を銜え込みながら、乳首を責められる。

神威は自分からはあえて動こうとはせず、桃霞の中に根元まで男根を埋め込んだままで、ぷっくりと膨らんだ突起を舌と指で嬲っていた。

「あっ…、そ…それ、やめっ…」

舐め回され、硬く勃起《ぼっき》した乳首に軽く歯を立てられる。そんなふうに虐められると、背中がぶるぶると震えた。長大なものを挿入され、拡張されているような後ろの内壁も、その刺激に悶えるように蠢く。

「ここを舐めるたびに、お前の中がいやらしく動いているぞ」

「んんっ…、ひぁ、やっ！　そ…そこ…は、もう…っ」

「うん？　ならこっちだ」

左の乳首を転がしていた神威の舌が、次に右の乳首を舐め上げた。

「あん、んんんっ！」

泣くような声を上げた桃霞の後ろがきゅうっと締まり、我を忘れた媚肉が逞しいものに絡みつく。

「気持ちいいか?」

「あっ、こ、こんな…ところっ、こんなところが、感じる…なんて…ぇっ」

もどかしさと快感のあまり、桃霞は自分でも意識しないうちに淫らな言葉を口にするようになっていた。そんな自分に耐えかねて、神威の下から逃れようと身を捩ろうとしたが、力がまったく入らない。

「こんなところってのは?」

言えない、と桃霞は首を振った。だが男がそれを許すはずもなく、指先で突起を強めに捻り上げられる。

「んんあぁっ」

「もう一度聞くぞ。これはなんだ?」

圧倒的な力を持つ人外の男に征服される。それはなぜか甘い悦びとなって、桃霞の肉体に染み込んでいった。

「……乳首……」

恥ずかしさと屈辱に鼓動を速くさせながらその部位を言うと、身体の温度が上がったように熱くなる。頭が破裂しそうだ。もう、とっくにおかしくなっているのかもしれない。彼らは、自分をこれ以上どう変えようというのだろう。

「覚えのいいここの孔といい、処女のくせに感じやすい前の孔といい、お前の身体はどこもかしこも可愛いが、虐められたがりのこの乳首も相当にいやらしいな」

「……っ！」

言葉嬲りに、男根をいっぱいに呑み込んだ後ろがまた痙攣した。こんなに締めつけてしまっているのだから、中で動いて欲しいことぐらいはわかっているだろうに、神威は相変わらず乳首だけに執拗で甘い、痺れるような刺激を与えてくる。

「んっ、んん…ふ、あ…っ」

舌先で転がされ、くすぐられているのは胸なのに、どうして下半身に直結しているような官能が伝わってくるのだろう。そしてそれは体内の脈動をどんどん膨らませて、我慢できる限界点までじりじりとせり上がってくる。そしてその先にあるものは。

「はっ⁉ あ、あっあ…、な、なぜっ…、ああっもう虐めないでっ…！」

それ以上されたら、ほとんど乳首だけでイってしまうことになる。

――そんな恥ずかしいことには耐えられない。

だが、思わず腰を動かしてしまった桃霞は、蕩けるような快感を後ろで得てしまう。頭の中が一気に白く霞み、卑猥な言葉を漏らしてしまっていた。

「い、やだ、ああっ気持ちいっ…！ 乳首熔ける…ぅっ、はあっ、んんっ、あ、い…イく、イ、くぅ…――…っ！」

ぐぐっ、と寝台から背中を浮かせて、桃霞は極めてしまった。その瞬間に屹立から白い蜜を迸らせ、ぐずぐずと煮熔けたような女陰の奥からも夥《おびただ》しい愛液を溢れさせる。神威を深く挿入された後孔は強く収縮を見せて、鬼の男に熱い息を吐き出させた。

「……すっかり乳首が好きになったな。膨らんで尖って、まるで女の淫核のようだぞ」

それはそっちがそうさせたのだ、と反論したかったが、性器以外の場所でイかされてしまった衝撃と余韻で、桃霞はただ嗚咽《おえつ》混じりの荒い呼吸を繰り返しているしかなかった。

「昼間、大勢で可愛がられた快感が身体に残っているようだな。……興奮したか？」

「っ……！」

屈辱を思い出し、桃霞は濡れた目で神威を睨み上げる。急にどこか不機嫌そうになった神威は、苛立《いらだ》たしげな光をその瞳に宿して桃霞を見下ろしていた。

あんな目に遭わせたのは、お前自身ではないか。

自分の部下に嬲らせておきながらおもしろくなさそうな顔をする彼の心境が、理解できなかった。

そして快楽によってすべての抵抗を封じられてしまった桃霞の中で、思い出したように神威がゆっくりと動きはじめる。それは最初に入れられた時よりも大きくなっていて、いっぱいに拡げられる感覚が内壁を襲い、桃霞をさらなる快楽責めへと陥れた。

「やっ、や、あぁあっ！　も…っ、だめぇえ…っ」

「こっちは今夜で仕上げてやる。奥まで擦って、突きまくってやるから楽しみにしていろ」

律動が次第に大きくなり、それに従って肉体もどんどん狂おしくなってくる。

桃霞は敷布を引き裂かんばかりにわし掴み、泣き声を漏らしながら、何度も神威に許してくれと哀願した。こんな快感はひどすぎる。

だが無慈悲な鬼の王がそんなことを聞いてくれるはずもなく、桃霞はそれから長い時間、様々な体位で犯され、数えきれないほどの絶頂に追い上げられたのだった。


ここに着いてからまだ三日目だというのに、桃霞はすでに様々な淫行に晒されている。そしてそのたびにどうしようもない状態にまで追い上げられては、結局最後には快楽に屈服するということを繰り返していた。

だが、そんな荒淫の中に放り込まれている割には、身体的にたいした負担がかかっているわけでもないことを、桃霞は不思議に思う。腰が立たなくなるまで犯され、肉体がバラバラになるのではないかとさえ感じる絶頂を何度味わわされても、ひと眠りすれば少しの気怠《けだる》さが残っている程度で、起き上がれないほどではない。

それでも、人里にいた時には他人と肌を触れ合わせるなど考えたこともなかったから、この状態がおかしいことなのかどうか判断がつくはずもなかった。

人の身体というのは意外に丈夫にできているものなのだろうか。それとも、自分が異常であるだけなのか。

後者の可能性のような気は薄々している。なぜなら、自分の身体は普通ではないからだ。子供の頃から桃霞に教えを説いていた叡現は、『あなたは人より欲が深いからより自戒しなくてはならない』とよく言っていた。おそらく、もともと貪欲にできているという意味なのだろう。それは桃霞が一番よくわかっている。時折教えを破り、後ろめたさに泣きそうになりながらも自らを慰めていたからだ。

これは、その罰なのだろうか。

犯されるたびに、理性が少しずつ剝がれていくような感じがする。はしたないと狼狽える貞淑さが快楽に負け、自ら興奮の坩堝《るつぼ》に堕ちていきたくなるような、そんな衝動。

桃霞は首を振って、湯殿で清めてきた肌に新しい衣を纏った。

ここの鬼たちは、自分を容赦なく嬲りはするが、それ以外は下にも置かない扱いをしてくれている。誰のものともわからない体液で着物が汚れれば洗ってくれ、新しいものを用意してくれた。寝台も寝心地よく整えてくれ、滋養のつく食事や甘い果物なども用意してくれる。

それは多分、桃霞が、彼らの王である神威の花嫁だからだろう。

そこまで考えが至って、桃霞はふと、昨夜自分を最後に犯した男のことを頭に思い描いた。

神威。

桃霞を最初に暴き、何もかもをさらけ出させた鬼の男。

その姿は逞しく精悍《せいかん》で、まるで荒ぶる鬼神のようにも見える。肌は熱くなめし革のようになめらかで、強い二本の腕に抱かれるだけで桃霞は腰が蕩けそうになってしまうのだ。

野性的で端整な顔立ちは威厳を漂わせ、それでいて閨《ねや》においては濃い情欲の色香を醸し出す。

「────っ」

いつの間にか陶然とした思いに耽《ふけ》ってしまっていることに気づき、桃霞は強く首を振った。

どうかしている。あれだけの目に遭わせた張本人を、そんなふうに思ってしまうなんて。

これではまるで────。

そう思った時、背後でふいに扉の開く音がした。

慌てて振り向くと、戸口に何人かの鬼が立っていて、こちらを見つめている。彼らは皆欲望に滾《たぎ》った目を桃霞に向けていた。見たことのある目だ。

今日も、狂った一日が始まる。

近づいてくる鬼たちを、全身を強張《こわば》らせて警戒しながら、桃霞はもはや自分が逃れられないだろうということをわかっていた。

床の上で、またあの甘ったるい香が焚《た》かれている。

桃霞の部屋の天井には、太く大きな梁《はり》が渡されていた。

その梁から垂らした布に手首を縛られ、桃霞は無防備な肢体を鬼たちの目に晒される。無論それだけで済むはずもない。自分は今、彼らの性奴も同然なのだ。

桃霞は後ろから両脚を持ち上げられながら、すっかり入れられることに慣れてしまった後孔を太いもので貫かれていた。両膝の裏を摑まれて開かれているので、刺激に反り返った屹立と、その下の濡れた切れ込みが露わになっている。

「はあ、あっ、くぅ…んっ、んんんっ！」

桃霞の細い身体など、人間の数倍もの力を持つ鬼にとっては石よりも軽いのだろう。軽々と揺らされ、中を貫かれて、ずん、ずん、という重い快感が腰の奥からこみ上げてきては桃霞を惑乱させていた。

「気持ちよさそうですね、桃霞様」

「女の部分もぱっくり口を開けて、涎《よだれ》を垂らしている。そら、ここも弄ってあげますよ」

周りにいる鬼の一人が、桃霞の女陰に指を伸ばし、その濡れた花びらを軽くくすぐる。

「ああっ、あんんんっ」

たまらずに背を反らし、宙に浮いた爪先をつっぱる桃霞の痴態を合図にしたように、鬼たちの愛撫の手が伸びてきた。前後の孔を責められる刺激にそそり立ち、先端から蜜を垂らす屹立を扱かれ、昨夜そこだけでイかされてしまった乳首を摘まれ、弾かれる。

それ以外の肌にも掌が這い回り、腋の下や脇腹をくすぐるように触れられるたびに、桃霞は高い悲鳴を上げて腰を振り立てる。

「あっあっ、あぁぁあっ！　い、いっぺんにしないでっ…、お、おかしくなってっ…！」

「じゃあ、もっとしてあげましょうか」

女陰の入り口を弄んでいた鬼が、二本の指をずぶっ、と中に差し入れてきた。

「ひ、ぃっ…！」

頭の中を閃光《せんこう》が走る。そこはもう、指くらいなら楽々と受け入れられるようになっていた。音を立てて中の柔肉をまさぐられると、身体が浮き上がりそうな愉悦に苛まれる。桃霞は思わず身悶えし、卑猥な言葉を口から漏らした。

「んん、ああっ！　いっ、いいっ、いいっ…！」

「尻と女陰と男のものと。それから乳首もありますね。どこが一番気持ちいいんですか？」

「あ、はぁっあ、わ、わからな…っ、そんな…っ」

どの場所もそれぞれ受ける感覚が違う。だが、それが体内でひとつに混ざり合い、耐えがたい悦楽を桃霞に与えるのだ。

「おっ、白いの出てきた。相当に感じているなこりゃ。中がえらいひくひくしてるし」

前の孔をこね回している男の指に、白っぽい粘液が絡みついている。それは女陰がどうしようもなく感じた時に出すものだと、神威が言っていた。

「おい、あまり調子に乗って、深くまで入れるなよ」

「わかってるさ。ここは神威様専用だ。俺たちが入れちゃならねえことくらいはわきまえてる。だがこうやって、壁を可愛がるのはいいんだろう？　そら、もっとくちゅくちゅしてやるからな」

「あ、あ…ふ、あああ…っ」

中でぐるりと鬼の男の指が回り、桃霞の腰がぶるぶると震えた。腰の奥がカアッと熱くなり、それが物凄い勢いで全身を覆い尽くす。もう何度も経験している、絶頂の合図だ。

「あ、ア、ひぁ、い、イく、いぃっ、く、ぅ――…っ！」

後ろを犯す男の胸に後頭部を擦りつけるようにして、桃霞は極みを迎える。男に扱かれていたものの先端から、悦楽の証《あかし》である白い蜜が弾けた。

「ん、ん――、んくっ…」

吐精の快楽にも震えてしまう。普通の人間よりも、感じる箇所が多い身体がうらめしい。

「そういや、もうひとつ孔があったな」

「お前、最初っからそれするつもりでいたろ」

鬼たちが互いに忍び笑う光景に、桃霞は不穏なものを感じてしまう。出したばかりの先端を執拗に撫で回す指に身体が仰け反り、悶えながらもまさか、と思った。

「ここは、慣れれば癖になるぜ?」

「ふ、くぁっ!」

屹立の先端に細い棒が押し当てられた瞬間、桃霞はビクン、と全身を跳ね上げ、短い悲鳴を上げた。それはつい今し方、射精を終えた場所に入り込もうとしている。まさか、そんな、と、桃霞は自分の肉体にされようとしていることが信じられなかった。

「い、いやだっ、そんなところっ…! 入れる、なっ…!」

「はいはい、暴れないでくださいね」

「大丈夫、桃霞様なら、すぐに慣れますよ」

逃げを打つ腰は複数の鬼たちにガッチリと掴まれ、たちまち動かせなくなる。

「あ、は…、あぁあっ! ひ、———っ!」

最も鋭敏な部分であるうちのひとつであるその小さな孔の入り口をまさぐられ、桃霞は激しい刺激に悶えることもできずに嬌声を上げた。

「い———いや、あ…いっ……!」

異様な感覚が下半身を襲う。それが少しずつ狭い精路に侵入し、壁を押しのけるようにして奥まで進んでくると、ズウン、と重い快楽が走った。

「…う…、ふぅ…う」

「おお、震えてる震えてる」

「こっちから涎がだらだら溢れてるぜ。気持ちいいんだろ」

尿道への快感からか、桃霞の女の孔からは愛液が後から後からこみ上げてきて、床にまで滴り落ちていた。

「や、やぁ…あっ、こんなのっ…、う、そっ…」

「嘘じゃねえって。ここ虐められると、気持ちいいって泣いてるんだよ」

「ち、ちが、よくなん…か…っ」

肉体が訴えている感覚は、間違いなく愉悦だった。細い棒はいまや半分近くまで埋まり、いったいどこまで串刺《くしざ》しにされるのだろうと恐怖を覚える。なのに身体中が発火したように熱くて、今にも肌が焦げつきそうだった。

そしてそれがもう少し奥まで入れられた瞬間、これまでとは桁違《けたちが》いの快感が腰の奥で生まれる。

「ひううっ！　――――っ！　は…っ…！」

「よし、届いた」

桃霞はあまりの衝撃に瞳からぼろぼろと涙を零した。何しろ快楽が大きすぎて、どう受けとめていいのかわからない。こんなものは、もはや苦痛の域に達している。

「や…うぅ…っ！　ゆ、許して、許し…っ」

「だめだめ。このまま、イイところを挟み込んで責めてやるよ」

「……え…っ」

何を、と思った時、後孔を貫いていた男根がゆっくりと動き出す。そしてそれがある一点を突くと、桃霞はまたしても地獄のような快感に見舞われた。

「ふう、あ――――っ…！」

押さえつけられているにもかかわらず、がくんがくんと腰が跳ねる。足の爪先までも甘い毒のような痺れが走って、これは確実に狂う、と思った。

「そら、ここをこうすると……、たまらないでしょう」

鬼の指が、精路を貫く棒の先端をピン、と弾く。そのたびに、桃霞は神経までもおかしくなるような快感に咽《むせ》び泣いた。もう恥ずかしいと思う余裕もない。強いられる愉悦の責めに、精神が破壊されぬよう、自我を保っていることすら難しかった。

「んんんっ！　ああっ、いっ、いいっ！　気持ちいいっ…、凄いっ…！」

だがむしろ、もういっそのこと壊れてしまった方が楽なのではないか。そんな誘惑が頭の隅にちらりと覗く。

――いいや駄目だ。自分にはまだお役目がある。それを果たすまでは、壊れるわけにはいかない。たとえ、どんな目に遭わされようとも。

桃霞の願いを嘲笑《あざわら》うように、鬼たちの愛撫が蕩けた女陰と、尖りきった乳首にまで加えられる。むしろ優しく撫で回してくるようなその手つきに、桃霞はますます感じてしまい、狂乱した。

「あっ、やっ、だめっ！　そこっ、そこいいぃぁぁ…っ！」

もう自分が達しているのか、そうでないのかもわからない。もしかしたらずっとイきっぱなしだったのかもしれない。

桃霞は全身から淫蕩な蜜を滴らせ、鬼たちの気の済むまでその肉体を淫らな責めにかけられた。真っ白に染まった意識の中、ある男の姿が浮かんでは消えていく。それが鬼の王であったことに、桃霞はどうでも納得ができない、と思った。

四日目にして、桃霞はようやく城の外に出た。

これまでも、特に動きを制限されていたわけではない。神威は夜ごと来ていたし、鬼たちに見つかれば犯されていたが、何も虜囚というわけではないのだ。それは最初の日にも言われている。そのことを、桃霞はようやく認識した。

今日は何か大きな会議でもあるのか、城の中は比較的鬼たちの姿が少なかった。だから多分こんなところまで来られたのだろうが、もしかしたら少し息抜きさせるつもりだったのかもしれない。

城は正面の門を除けば、周りを濃い樹木で覆われている。桃霞は樹々の間を隠れるようにして、外の空気を吸うために森の中を散策した。

ゆっくりとした足取りで周りに気を配りながら歩く。木漏れ日が地面に作る模様が、この島もまた、太陽の恵みをきちんと受けている場所であることを示していた。それを見て桃霞は少しばかり、不思議な気持ちになる。

少し先に行くと、樹立ちが開けているのが目に入った。その向こうには集落らしきものがあり、家が連なっているのが見える。近くには畑も見え、人影もあった。ここで人影と言えばそれは鬼であるということなので、桃霞は思わず手近な樹に身を隠す。見つかって、またひどい目に遭わされたりしたらたまらない。

だが同時に興味も覚え、桃霞はそのまま集落の様子を観察していた。鬼たちはいったい、どんな暮らしをしているのだろう。

畑の周りでは男たちが鍬《くわ》を振るっていた。その中には桃霞を犯したと思しき鬼の姿もあって、軽く息を呑む。それから洗濯物が入った籠《かご》を抱えた女たちが談笑しながら通りを行き、高い声を上げて遊び回る子供たちの姿も見えた。

それらはみんな、頭に角が生えているだけで、桃霞がこれまで暮らしてきた里の風景となんら変わりがないように見える。

鬼たちは人間に悪さをする。疫病を流行らせ、人を堕落させる。

これまで桃霞が教えられていたのとはあまりに違うのどかな光景に、桃霞は思わず首を捻りたくなった。

猿田彦たちが言っていた、『鬼は討たなければならない存在です』という言葉に、ふいに疑問を持ちたくなる。せめてこの、罪のなさそうな女子供だけでも、許してやることはできないのだろうか。

「――――いや、甘い」

詮《せん》ない考えを頭を振って否定し、小さく呟く。女子供とはいうが、子供の鬼は成長すれば桃霞を犯したような鬼になるし、女はそんな鬼たちを生み育てる。すべては繋がっており、一面だけを見て判断することはできない。都の考えも同じなのだろう。

だが感傷とはわかっていても、やはりこの平和な暮らしを抹殺しなければならないのかと思うと胸が痛む。

桃霞はそんな思いから逃れるように、その場からそっと離れた。これ以上ここにいても、いい思いはしない。

かと言ってまだ城に戻る気にもなれず、そのままあてどもなく森の中を彷徨う。どこにいても少し空が開けていれば物々しい城の一部が見えたから、迷うことはないだろう。

どのくらい歩いたろうか。道を大きく曲がったところが切り立った崖になっていて、注意せねばと思っていた時だった。崖の近くの樹に誰かが登っていて、枝に茂っている実を摘もうとしている。それを見た時、桃霞はギクリとした。

よく見れば子供だった。人間の子供にすれば十歳ほどだろうか。深い渓谷《けいこく》の上に張り出した枝の実を採ろうと、そろそろと身体を進めている。鬼たちは人と比べると何倍も肉体が丈夫だと聞くが、あんなところから落ちたらひとたまりもないのではないだろうか。

「――――危ないぞ」

子供を驚かさないよう、桃霞はわざと足音を立て、逆にそっと声をかける。さっき思ったことと真逆の行動をしていると自分でも思ったが、それでも、起こるかもしれない悲劇を放置しておくことは、どうしてもできなかった。

子供はすぐに桃霞に気づき、実に伸ばしている手を引っ込めてこちらを見る。とりあえず崖から落ちる心配だけはなくなって、ほっと息をついた。

「……誰？」

利発そうな、男児の声だった。

「そんなことをしていたら、崖から落ちるぞ」

もう一度たしなめた桃霞の言葉が耳に届いているのか、彼はぱちくりと目を瞬《まばた》かせて桃霞を見つめた。まるで物珍しいものでも見ているかのような子供の表情に、姿を見せたのは失敗だったかと臍《ほぞ》を噛む。

「どうして角がないの？　……もしかして桃霞様？」

こんな子供までが自分を知っているという事実に、軽く驚いた。樹の上の少年に聞かれるままに頷くと、彼はすっげー！　と感激したふうに座った枝の上で足をバタつかせる。

「本当に桃霞さまなんだ。神威様が自慢してたから、どんな綺麗《きれい》な人かと思ってた。想像以上だったよ！」

「……神威が？」

「うん。神威様はずっと待ってたんだよ。桃霞様のこと。双月は絶対にいるって。だから桃霞様を見つけた時は、すごい喜んだって」

双月。

またその単語だ。

それは何か自分に深い関わりがあるらしいのだが、桃霞には一向に覚えがない。

「双月とは？」

「え、知らないの？　あのね――――あっ、こら！」

その時、枝の先端になっている実を狙って、鳥が啄《つい》ばもうとしたので、少年は慌ててそれを手で追い払った。

「しょうがないなあ。ちょっと待ってて。先にとっちゃうから」

彼は再び鳥が戻ってこないうちに、その実を収穫しようとしてまた身体を伸ばす。

「だから、危ないと――――」

「平気だよ。実を集めるのは俺の仕事だもん。これで薬つくって、また都で売ってもらうんだ」

「え？」

意外というよりは聞いたこともないような話に、桃霞は一瞬、少年を諫《いさ》めることも忘れて聞き返しそうになった。

鬼が都に薬を売る？

それはいったいどういうことだ？

「────うわあっ！」

だが次の瞬間、少年の悲鳴と枝の折れる音が響き、最悪の状況が起こったことを桃霞に知らしめた。

木の葉が散り、それと一緒に少年の身体が崖下に吸い込まれていく。

「────っ！」

心臓が止まりそうになり、桃霞は咄嗟に駆け出して崖下を覗き込んだ。真っ暗な谷底に何も見えない、ということを想定してもいたが、どうやら間一髪でそれは免れたらしい。

崖の下にわずかな足場があり、少年はそこで尻餅をついていた。何が起こったのかまだ理解できない様子で、茫然とした顔をしている。

「大丈夫か！」

「桃霞様！」

少年はすぐに立ち上がり、なんとか上に登るべく足場を探しはじめる。さすがに鬼の子というべきか、怪我はないようだった。

「上がれるか」

「う…うん、でも…」

鬼の少年は困ったように桃霞を見上げた。崖肌には足場になるようなものがなくはないが、彼の身長ではそれは少しばかり高いところにあるらしい。あと少し背が高ければ、飛び上がって上がることができるのに、と彼は悔しがった。

「……待っていろ。今そっちへ下りていく」

自分がそこへ下りて、少年を持ち上げてやれば彼は上がれるのではないだろうか。

桃霞は身を乗り出し、眼下に広がる景色にくらりと眩暈《めまい》を覚えそうになりながらも、ぐっと口元を引き結んで決意した。

そろそろと足を下ろし、慎重に足場を探しながら崖を伝い下りる。足場以外の下はなるべく見ないようにした。小さい石がパラパラと音を立てて落ちていくたびに、ひやりと背を竦ませる。

やがてようやく少年がいるところまでたどり着いた時、思わず大きなため息が漏れる。だが大事なのはここからだ。

「いいか。持ち上げてやるから、上に登れ」

「ありがとう、桃霞様。でも……」

大丈夫？　と少年が心配そうに見上げてくる。桃霞は微笑んで、その頭をそっと撫でてやった。温かい。ちゃんと血が通っている、子供の体温だ。

苦労して少年を持ち上げると、彼は足場を掴み、その膂力だけで崖を登っていった。こんな子供でも、やはり人とは身体能力が違うらしい。

「桃霞様も、早く上がってきて」

「まったく……、向かい側の崖からお前が落ちてきた時は肝が冷えたぞ」

神威はこの近くで用事があり、その帰り道だったらしい。そこへ桃霞を呼ぶ子供の声が聞こえてきたので、何事かと上を見たら、自分が空から降ってきたというのだ。神威は咄嗟に飛び出し、桃霞を空中で抱きとめて向かい側の足場に着地した。どうやら自分は、この男に命を救われたらしい。それを理解した時、なんとも言えず複雑な感情が胸中を支配する。

自分に無体を強いる男に、助けられた。

それを口惜《くちお》しいと思う心と、嬉しいと思う心。

前者はともかく、後者はいったいどういう感情だろう。

「……どうした？　どこか痛めたか？」

桃霞の様子を不審に思った神威は、どうやら負傷したのかと思い込んだらしかった。桃霞の手脚や背中をあちこち確かめるように触ってくるその手はいつもの淫らな感じはなかったが、こちらは否応なしにその時のことを思い出してしまう。

「ど、どこも痛めていない。大丈夫だ」

「そうか」

神威はそう言うと、ふいに桃霞をぎゅっと抱き締めてきた。いきなりのその行為に、一度は鎮まったはずの心臓が再び跳ね上がる。

「……神威？」

「二度とこんなことはするな」

傲岸《ごうがん》で不遜《ふそん》な言い方に、桃霞はやはり反発を感じてしまう。助けてくれても、彼は横暴な鬼なのだろうか。

「……子供を助けようとしただけだ」

「子供？」

「あそこから。樹の実を採ろうとして、子供が落ちそうになっていたんだ。それを助けようとしたら、自分が落ちてしまった」

桃霞が指差した場所で、豆粒のように小さい人影が見える。さっきの少年が、まだ心配してこちらを見ているのだ。状況を把握したらしい神威が手で合図を送ると、少年はそれでようやく安心したのか、顔を引っ込めた。

「てっきり、お前が自ら命を絶つつもりだったのかと思ったよ」

「……えっ」

桃霞は驚きに瞠目《どうもく》する。それで神威は、あんなに強い口調で言ったのか。

「わ……私が死にたくなるような目に遭っているという、自覚があるのか」

男の真意が摑めず、軽く混乱した桃霞はならうように口調をきつくしてしまった。すると神威は、どこか困ったような顔をして笑みを漏らす。それまで見たことのない表情に、胸の奥がまた大きく跳ね上がった。

「言ったろう。俺の真意じゃねえって」

「……私を嬲らねばならない、わけがあるというのか」

「そんなとこだ」

それは、と聞く前に、桃霞は口を塞がれていた。認めたくはないが、いつも身体の芯を蕩かすような接吻に、言葉が吸い取られてゆく。そういえば、鬼たちは遠慮しているのか、唇を求めてくることはほとんどなかった。それもまた、彼だけの禁猟区であるというのか。

「……そうだな、だったら、俺だけに屈服してみるか？」

神威はまた、桃霞に真意を測りかねるようなことを言った。

「短い間だが、かなり可愛がってもらったろう。もう、ここでも、俺を受け入れられるんじゃないのか？」

神威の手が尻を割り、着物ごしに桃霞の女の部分を撫で上げる。

「………………っ！」

その瞬間、内奥からとろりと何かが溢れ出てきたのを感じた。神威の指が触れているところが、じんじんと熱を持ってくる。

身体が男を、神威を求めていた。きっと今ここで事に及ばれたとしても、桃霞は男を拒めないだろう。そう思わせる変化が、自分の身体と心に起きたのだ。

そのことに気づき、半ば茫然とした桃霞の前で、神威はくすりと笑みを見せる。

「可愛い奴だよ、お前は」

そう言ってもう一度口づけてこようとする男の前で、桃霞は思わず目を瞑った。

顔が熱い。きっと頬が赤くなっているに違いない。

そんな顔を見られているだろうという羞恥にいたたまれず、桃霞は自分を見つめてくる男の顔を、視界から隠した。

「子供には優しいんだな。俺には冷たい口を叩くのに」

ひとしきり唇を吸ってから、神威はからかうようにそんなことを言う。何を、と呆《あき》れながらも、桃霞は言い返さずにはいられなかった。

「子供は私に悪さをしないからな」

「どうだかな。あいつだって成長すれば、お前に欲情を抱くようになる。お前はそういう存在だ」

次の瞬間、桃霞の右手が神威の頬を張っていた。

パン、と小気味よい音があたりに響く。

神威は打たれた頬を押さえもせず、呆気にとられたように桃霞を見つめた。

神威のこの言葉は、少なからず桃霞を傷つけた。自分はそんなにも、淫乱な存在なのだろうか。

――だから人里には危険だと判断され、人目から隠すようにして育てられ、そして鬼

の島へと追い立てられたのか。

だが、そんなことは今にはじまったことではない。自分はもっと、別のことで気を落ち込ませている。

多分、それを言ったのがこの男だったから、傷ついたのだ。

馬鹿馬鹿しい。

目の奥から滲んでくる雫がみるみる睫《まつげ》を濡らしていくのを感じながら、桃霞は自嘲じみた笑いを唇に浮かべる。たった数日抱かれただけで、もう心まで委ねたか。

人である自分がこの島にいるからには、ここの王であるこの男の庇護《ひご》はなくてはならないだろう。自分が神威の妻となるからこそ、鬼たちは桃霞を犯しこそすれ、とりあえずは礼を尽くしてくれるのだ。

だが、それに甘んじ、性根まで淫売に成り下がってしまうなんて。

自分自身の弱さが、吐き気がするほど厭《いと》わしかった。

「……お前」

ふいに見せた涙に驚いたのか、神威は無骨な指先で桃霞の睫に溜《た》まる涙を拭い去る。

「悪かった。そういう意味で言ったんじゃねえんだ」

「…………」

謝罪され、今度は桃霞が驚く番だった。神威からこんな響きの言葉は聞いたことがなくて、いったいどういう意味があるのだろうと青灰色の瞳を探るようにじっと見つめてしまう。

「だが、お前が美しいのは本当だ」

「慰めなど」

「お前の姿を初めて見たときの、俺の気持ちがわかるか。本当はもっと早くにお前を手に入れたかったのに、人間共め、お前に妙な術を……」

「術？」

桃霞が聞き返した時、神威はハッとしたように口を噤んだ。

「悪いな。今はこれ以上話せねえ」

神威は首を振ってそれ以上を黙す。

先日からたびたび思っていたことだが、どうもこの婚姻には、桃霞の知らぬ裏の事情があるようだった。

あの猿田彦たちも、それを知っているのだろうか。だとしたら、自分は本当は何をやらされようとしているのだろう。

――いや、駄目だ、自分をしっかり保て。

こんなところで、真偽の定かではない情報に惑わされ、一喜一憂していては相手の思うつぼだ。自分は里の人たちのため、鬼を討つ。今はそのための好機を窺《うかが》っている。

そう自分に言い聞かせる桃霞だが、三度触れてくる熱い唇には、どうしても身体の力が抜けてしまうのを、止めることができなかった。

夜になり、桃霞は落ち着かない気分で寝台に腰かけている。

あれから城に戻ったが、どういうわけなのか、桃霞の部屋には鬼たちはそれから誰も忍んではこなかった。

神威がすべての鬼たちに自分を好きにさせると宣言してから、入れ替わり立ち替わりにやってきては桃霞を弄んでいった鬼たちが、明るいうちから日が沈むまで、本当に誰一人としてやってこない。その理由はただひとつしか考えられなかった。神威が再び命令を下したのだ。今度は、自分を誰にも触れさせないようにと。

いったい何を考えているのだろう。

苛立ちにも似た色が、桃霞の漆黒の瞳に浮かぶ。あの男のことを考えると、平静ではいられなくなる自分にも気づきはじめていた。いったいどうして。

桃霞は自らの身体を抱き締めるように腕を回す。

理屈ではなく、感情があの鬼の男に強く惹《ひ》きつけられていっている。これまで誰かと恋に堕ちた経験のない桃霞には、この衝動をどうしたらいいのかわからなかった。

「……恋だと？　まさか、これが……」

信じられなくて、口に出して呟いてみる。すると身体の底からカアッと恥ずかしさがこみ上げてきた。まるで、彼に秘められた奥の部分を暴かれた時のように。

「どうした？」

ふいに声をかけられ、桃霞は飛び上がりそうなほど驚いた。慌てて顔を向けると、神威が不思議そうな顔をして寝台の側に立っている。どうやら、彼が入ってきたことにも気づかなかったようだ。

夜着姿の神威の、大きく寛《くつろ》げた襟元から彫刻のような見事な筋肉が覗いている。あの胸に何度も抱かれた。

「べ、つに……」

桃霞が身を縮めるようにしてそっぽを向くと、神威はおかしな奴だな、と言って桃霞の側に腰を下ろした。そのままいつものように押し倒されると思ったが、目の前に何かを差し出されて、桃霞はきょとんとしてそれに見入る。

桃色の美しい花だった。幾枚もの花弁が円を作るように重なり合い、その下を緑色の葉が包み込むように支えている。繊細に色づけされた、見事な木彫り細工だ。

「……桃の花？」

「たまに手慰みに作っていたんだが、お前のことを考えていたらこんなものができた。気に入ればやろう」

いつもは動物や船などを作っているらしい。花なんか彫ったのは初めてだと、彼はどこか照れくさそうに言った。

桃霞はそっと手に取り、しげしげと眺める。この男がこんな緻密《ちみつ》で美しいものを作るというのが意外だった。それは今にも風にそよぎそうな柔らかな曲線を備え、みずみずしささえ感じられる。本当に綺麗だった。

「……とても、見事だと思う」

でも、と桃霞はその後を続ける。

「私は、こんなに美しくはない」

老父母は優しくしてくれたが、その目の中にはどこか桃霞に対する憐れみがあった。里の者はもっとはっきりと好奇と嫌悪の視線を向けてくる。それでも桃霞が人を守りたいと思ったのは、そこでしか生きていくことができなかったからだ。居場所を提供してくれた彼らには、少なからず恩義というものがある。それを返すことが、自分が生きる正しい道なのだと思った。そう、思い込んできた。

「俺は、お前のように美しい生き物をこれまで見たことがない」

「嘘だ」

「嘘じゃない。俺は――――ずっと待った。待ち続けた。お前が俺のもとに、嫁いでくるのを」

「…………っ」

激情が身体の中を駆け巡る。震える肩を、太い腕がそっと抱いた。

「鬼たちに嬲られるのは……つらかったか？」

「あ……当たり前だ！　あんな――」

「すまなかったな」

手の上の桃の花をそっと取り上げられ、卓の上に置かれる。

「お前を狂わせるのは、もう俺だけでいい」

「……神威……」

「いい響きだ。もっと呼べ。俺の名を」

体重がかかり、寝台の中に沈められた。こんな彼は初めてで、桃霞の方も心臓が落ち着かない。

「今日はここで……、俺を受け入れられるか？」

「あ…っ」

神威の膝頭が、ぐっ、と脚の間に深く沈み込む。腰が浮くようなもどかしい感覚が這い上がってきて、桃霞は大きく喘いだ。

「ぬ、濡れてる…、すごく」

「期待してるぞ」

紅潮した目尻に軽く口づけられる。そんなことにすら敏感に反応して、桃霞は背中を震わせる。夜着の帯を解かれるのをこんなに心待ちにしたことは、これまでになかった。


「…んっ…、あ、あう…っ、くぅんっ…」

さっきから鼻にかかった喘ぎばかりが自分の喉から零れている。下半身からは耳を塞ぎたくなるような音が聞こえてくるのに、それを聞くとひどく興奮した。

腹につきそうなほどそそり立った桃霞の屹立に、神威の荒々しい凶器のような男根が合わさり、擦られている。神威はゆっくりと腰を動かし、自分のもので桃霞の感じやすい砲身を刺激した。彼の張り出した部分が強く押し当てられるたびに、細い腰が痙攣するようにぶるぶるとわななないてしまう。

「…あっ、あっ、んふう…んんっ」

たまらなくよくて、いつしか自分でも腰を動かしてしまう。恥ずかしいところを剝き出しにされたまま尻を上下させるのは、どんなにはしたない光景だろうとも思ったが、止まらなかった。

「……気持ちいいか？」

気のせいか、神威の息もいつもより荒い。

「ふ…ん…んっ、あ、い…いい…っ、は、恥ずかし…っ、あ、あー…っ」

目尻に涙を浮かべてかぶりを振ると、神威が淫猥な笑みを浮かべながら、ますます容赦なく腰を使ってきた。桃霞は耐えられずに、高い声を上げて背中を浮かせる。

「もっと恥ずかしくさせてやる」

「あっ！　や、や…っ、そ、そこは…あっ！」

胸の上でつんと尖った突起を唇に含まれ、舌先でこりこりと転がされた。そこだけで達してしまうほどに敏感にさせられた乳首を舐めしゃぶられては、たまったものではない。股間から来る愉悦と一緒になって、桃霞の快感神経をかき鳴らしていく。

「お前のこれは、すぐに赤くなって膨らんでくるな」

「や、あぁっ…あ、乳首、虐めな…でっ…、あぁっ、そっちも…っなんてっ…」

もう一方の突起も同じように舌先で責め上げられ、桃霞はもうぐずぐずになって泣き出した。全身の感覚が過敏になって、ほんの少しの刺激も耐えられそうにない。屹立の下にあるふたつの孔は、まるで悶えるようにひくひくとうねり、内側から蜜を溢れさせていた。

「はあっ、あっ、あっ、ん…やぁあ…っ、い、イく…っ…！」

神威の片腕が桃霞の腰を抱き、彼のものに強く押しつけられた時に、ひとたまりもなく達してしまう。男の性器の先端から白い蜜が弾け、引き締まった白い下腹を点々と汚した。

「あ、あ……！」

それでもまだ腰の動きを止めない神威に、桃霞は悲鳴を上げる。射精を終えたばかりのその部分に、この刺激はきつすぎるのだ。

「ん、ひぁっ…！　あ、あふ、それ、だめ…っ、あぁあ！」

「つらいか？」

「んぁ、あ、おかしく…な…っ」

「なら…ここだ」

そう言うと神威は少し腰をずらし、自分のいきり立ったものを桃霞の女陰の入り口で擦り上げた。びくん、と腰が跳ね、そこから熔けていきそうな感覚に内腿を痙攣させる。

「ああっ…ああっ…」

しとどに溢れている蜜で、もう敷布さえ濡らしそうになっていた。なのに神威のそれは、決して中に入ってこようとはしない。先端を少し潜り込ませてはすぐに抜き、また淫らな音を立ててはそこを擦り上げる。そしてその先端が、やはり桃霞の屹立の根元を抉《えぐ》るように刺激してしまうので、余計に切ないことになった。

「あ、あん…っ、ん、んんんっ」

「これだけでも気持ちいいがな」

お前はどうだ？　と真っ赤に上気した顔を覗き込まれる。入り口を刺激されるたびに、内奥が引き絞られるように疼いて、桃霞は我慢の限界を超えた。

「い、入れ、て…っ」

「どっちに？」

「そこに、前…にっ」

最初の夜は少し深く指を入れられただけでも苦痛を覚えたが、今はそうではないはずだった。神威と、そしてこの島の鬼たちが執拗に調教し、そこを解した。

「いいのか？」

「ここに入れたいのは…、お前の方だろう…っ」

余裕ぶる態度が憎らしくて、つい強がるような言葉を投げつけてしまう。すると神威は、桃霞の唇の端に自分のそれを押し当てて囁いた。

「ああ、そうだ。……もう限界だ、行くぞ」

「ん、あ…っ？」

神威の長大な凶器の切っ先が、桃霞の女の部分にぬるりと這入り込む。途端にぞくぞくした快感がこみ上げてきて、淫らに喘いでしまった。

「んんぁっ、あ、はぁ…っあっ」

だが半分も入らないうちに、どこかに抵抗があるのかそれ以上進めなくなってしまう。神威は何度か軽く突いて様子を見ていたが、その行為は桃霞にとっては生殺しだった。

「あ、いや…あ…う…っ」

「……一瞬で済む。なるべく力を抜いていろ」

大きな手が乱れた黒髪を撫でていく。その心地よさに陶然となり、彼の言ったことがよく理解できないでいた。

そして次の瞬間、神威は桃霞の中に立ちはだかる壁を、深く腰を沈めて一気に突き破る。

「――――！」

恐れていた苦痛はさほどなかった。拒むように阻んでいたものは力強い男根にあっさりと破れ、桃霞の身体の奥までその侵入を許す。何か、高い声を上げてしまったような気がするが、涙が零れたくらいしかよくわからない。

「はあ…、はぁ…ぁ」

「入ったぞ。――――大丈夫か？」

小刻みに震える身体を、大きな手が気遣うようにゆっくりと撫でる。肌がぴりぴりと敏感になっている桃霞は、それすらもたまらず、両腕で神威の背に腕を回し、しがみついた。

「桃霞？」

「…っ後ろの…時と、ずいぶん違う…っ」

同じように初めてだったのに、あの時の神威は、まるで桃霞を屈服させるように容赦なく犯した。

「そりゃあお前、ここは最初痛がっていたろう。そうしたら、優しくもするさ」

へらず口を、と睨むように見上げると、彼は小さく笑いながら桃霞に口づけてくる。その間、内部の壁に自分の存在を馴染ませるように、じっと動かずにいた。

そうされていると、桃霞の肉体の方に変化が訪れる。じわっ、と中が潤み、腹の奥がだんだんと熱くなってきた。

「ん、んぅ…」

すると今度はじっとしているのがつらくなってくる。そこからじわじわと染み出してくるような愉悦は、彼が動きはじめたらどんなものになるのだろう。

自分が期待していることを、桃霞は認めざるを得なかった。

淫蕩に吸われていた舌が、唾液の糸を引きながら解放される。そうしてからゆっくりと腰を動かされると、桃霞は思わず喘いでしまった。

「ああ……」

濡れたような音がその場所から聞こえて、恥ずかしさにため息をつく。それでも、次第に大胆に打ち込まれる男根に、新たな快感がそこから湧き上がってくるのを止められなかった。

「く、う…ぅんっ、ん」

神威は、桃霞が感じるところを探るように動いている。反応したところをじっくりと責めるように擦られ、可愛がられて、全身が熱く燃えるようだった。

「あっ、あんっ…あ、あ…っ、は、い…いや」

「待たされた分、たっぷりと味わってやる」

「ああっ…んん、さ、最初から…こんな…っ」

破瓜《はか》の痛みどころか、まるで長年慣らされてきたような快感だった。

腰を大きく引かれ、また深々と突き入れられる。そして感じるところを小刻みに揺らされ、あるいはわざと音を立てるようにかき回されて、桃霞は初めてにもかかわらず、その女の部分で強烈な快感を覚えていた。

「ん、んんんっ…、あう、あ…あ…っ」

大きく割り拡げられた足先が震える。そこは甘い痺れに侵されていて、白く繊細な爪先が時折ぎゅうっ、と内側に丸め込まれた。

「ああ、あ、神威、神威…っ」

「……なんだ?」

応える声も荒く掠れている。

「あ、つい、身体…っ、なか、あつ…っ」

もう何を言っているのか、自分でもよくわからなかった。ただ、このどうしようもない疼きをなんとかして欲しいのだ。神威を頬張り、すでに彼の形を覚えはじめている身体が怖かった。

「気持ちいいんだろう?」

「ん、うんっ、き、気持ちいい…っ」

感じる孔になったことを思い知らされ、桃霞は思いきり仰け反る。中にいる神威を強く締めつけ、彼の低く呻く声が聞こえた。一緒に果てたい。そんな思いが強くこみ上げてきて、甘えるように手脚を絡みつかせる。

「…そんなに可愛いことをするな」

どうなっても知らないぞ? と低い声が耳に注がれると、まるで背中を舐め上げられたようにぞくぞくと震えてしまった。それをきっかけにしたように、甘美な波が一気に腰から身体中へと広がっていく。

「んあ、ああっ! も、もうだめ、い、いっ…!」

身体がどこかへ飛んでいきそうで、かき抱いている背中に爪を立てた。そこは熱く汗ばんでいて、伝わってくる熱がますます桃霞を追いつめる。

「あんっ…! ふぅうっ! い、イ…く…っ、ふぁ——————…!」

腰の奥で爆発した感覚が、気の狂うような快楽で桃霞を責め立てた。身体の深いところがきゅううっと収縮し、神威の男を強く締め上げる。そして前方で勃ち上がっている屹立も、耐えきれずに精を放った。下腹がまた濡れる。

小さく悪態をつく声を、強烈な絶頂の中で聞いたような気がした。そして次の瞬間、内奥に熱いものが弾ける。桃霞にとっては媚薬に等しい、鬼の体液。

「ひ…ぃ、ああ、あっ、あっ…！」

惑乱した桃霞は身も世もなく泣き、上気した身体を悶えさせる。最後に残った場所も、この男に征服されてしまった。もう明け渡していない場所など、ない。

そう思った時の甘い屈辱は、けれど桃霞の心を軋ませたりはしなかった。自分でも呆れるほどの悦びが身体中に満ちる。悔しいのに、どうして。

「さあ…、これでお前は、すべて俺のものだ」

合わせた肌から思いを読み取ったように、神威が息を乱しながら見下ろしてくる。ズルリ、と引き抜かれたそれには、桃霞の白い蜜が絡まっていた。

「だいぶよかったようだな」

たった今まで蹂躙されていたそこは、まだじんじんと脈打っている。潤んだ瞳で見返すと、神威は当然のように、場所をずらしてもう一方の入り口に先端を押し当ててきた。

「あっ、そ、んなっ…！」

こんな蕩けた状態でそっちにも入れられたら、どうにかなってしまう。

「こっちだけじゃ、不公平だろうが」

前を犯され、その刺激でヒクついていた後孔に、未だ猛々しいものがズブリと這入り込む。

「くぅあぁ…っ、う、ん――――っ」

馴染んだ快感に神経を嬲られ、背中を浮かせて喘ぐ。上手に呑み込むことを覚えたそこは、ようやくもらえた男根を嬉しそうに銜え込み、奥へ奥へと誘っていった。

「お前はこっちの方が貪欲だな…?」

「そ、それは、私のせい、じゃっ…！　んん、あぅぅんっ…」

疲れを知らないような神威に緩く突き上げられると、頭が真っ白になりそうだった。女陰が開発されるのと連動してこちらの感度も上がっているのだろうか。

「あっ、あっ、や…、きもち、いぃ…っ」

啜り泣きながら無意識に腰を揺らめかせる。神威の太いものが擦ってゆく粘膜が全部気持ちいいのだ。

「皆に躾けられて、だいぶいやらしくなったな。誰にされてもこんなふうに腰を振ったか？」

どこか嫉妬《しっと》のような響きを感じて、桃霞は沸騰した脳の片隅で、なんて理不尽なことを言うのかと思った。自分をそんな境遇に堕としたのは、他でもない自分ではないか。

「も…もう、神威だけに、してほし…っ」

「ああ？」

だが、いつも余裕のある顔をし、悠然とした態度の男がそんな顔をするのがどこか可愛くも思える。まさかこの男に対してそんなことを思うなんて、と、桃霞は意外すぎる自分の思いに驚いた。

「こ…これで、全部お前のものにしたんだ。だからもう…、いいだろう…？」

別にこの男が好きなわけじゃない。ただ、大勢に陵辱されるよりは、まだ神威一人に抱かれた方がはるかにましだからだ。

桃霞はなぜか自分にそう言い訳をしながら、一人のものになりたいと訴える。

だが、それは神威に対し、絶大な効果を表したようだった。

脚を持ち上げられ、ぐるりと体勢を入れ換えられる。身体を返され、高く腰を上げられ、思わず高い声を上げてしまった桃霞の後ろに、神威が再び抉るように腰を沈めた。

「んん、ああうっ！」

「お前がそうしたいのなら、そうしよう」

たった今まで男根を銜えさせられていた女陰に、指がそっと入れられる。ビクン、と身体が跳ね上がった後、内腿がぶるぶると震えた。

「お前の身体中を可愛がってやる。感じやすくなったここも、ここも、たっぷり虐めて、泣かせて欲しいか？」

先端から蜜を流す屹立ももう片方の手に捕らえられ、扱かれるように愛撫されて、下半身

が本当に熔けるのではないかと思った。

「あ、あはぁっ…！　ああっ、いい…っ、な、泣かせて、泣かせてっ…」

性感の密集した地帯をすべて押さえられ、桃霞はがくがくと頷きながら淫らに懇願する。これで身も心もこの鬼の男の妻となるのだ。それを許されない立場であることはわかっていたが、せめて今はこの欲に溺《おぼ》れたい。

わななく内股に、愛液が滴る。くちゅくちゅと音を立てて弄られるたびに、桃霞は全身で咽び泣いてよがり声を漏らした。


「どうした、今日は…？　こんなに素直になって」

ぐったりと寝台に伏せた桃霞の背中を、神威が啄ばむように口づけていく。まだ快楽の余韻が色濃く残る身体で、唇が触れるたびに熱い吐息が漏れた。

「……望んでいたのだろう？　こうなった私を」

「快感に負けたか」

「あんなによってたかっていやらしいことをされたら、ならざるを得ない」

ほんの短期間で、桃霞の肉体は自分でも信じられないほどに淫らになった。だが、果たしてそれだけなのだろうか。

「俺の妻になるか」

「それしか選択肢がないくせに、意地悪を言わないでくれ」

意識して言葉に媚《こ》びを乗せ、桃霞は神威を見やる。つくづく男振りのいい男だった。恐ろしいはずの二本の角さえ、何か頼もしいもののように見える。

だが、彼は鬼なのだ、人とは違う。

そして自分は、人の側に立つ存在だ。

けれどここに来て、桃霞は自分の心に迷いが生じているのを知っていた。邪悪な存在だと教えられていた彼らが、人間と変わらない生活をしている。ましてやこの男は、危ない目に遭ってまでも自分の命を助けてくれた。桃霞をずっと待っていたと言ってくれた。

――私は、果たして本当に人の側にいるのだろうか。

そんな疑問が、ふと頭の隅によぎる。それは長い間考えないようにしていたことだった。ふたつの性を持つ存在など、人の中にそうそういるものではない。もし彼らが異形だというだけで鬼だと言われているのなら、自分だって同じではないだろうか。

駄目だ。迷うな。

自分には使命がある。それを忘れてはならない。

「桃霞」

「んっ」

ふいに顎を摑まれ、口づけられて舌を吸われる。神威にそうされると、いつも背中が震えてしまう。

「閨では泣かせるが、大事にする」

「――……」

優しい言葉をかけられるのは慣れていない。辱めると言ってくれた方がいっそ気が楽だと思った。

「き…聞きたいことがある」

「なんだ？」

「何もかもだ。里では鬼というのは、人に仇《あだ》なす恐ろしい生き物だと聞いていた。だが今日、たまたま集落を目にしたが、あれは、人の里と変わらないように見えた」

「それで？」

桃霞は気怠い身体を努力して起こし、神威に向き直る。

「お前たちは本当に、邪悪な存在なのか？」

「閨でする話じゃないな」

まあいい、答えてやる、と神威は笑い、桃霞の裸の肩に口づけながら言った。

「立場が違えば、お互いに害を成すこともあるだろう。俺たちが恐ろしいってのは、人間よりも強い身体と、能力を持っているからだろうな」

「……では、私を待っていたというのは」

おそらく、言葉通りの意味だけではないのだろう。神威はずいぶんと昔から自分のことを知っているようだった。

「お前は、自分で思っているよりも特別な存在だ」

「そんなことはわかっている」

こんな身体はそうそうあるものではない。桃霞とてできるものなら、普通に生まれたかった。だが神威はあっさりと笑ってそれをいなす。

「そういうことじゃない。いや……、まあ、それもなくはないか」

彼にしては、曖昧《あいまい》な答えだと思った。

「……『双月』とはなんだ。それは私のことなのか？」

「ああ、お前のことだ。だが今は言えない」

「――――ぜんぜん答えていないじゃないか」

「俺が教えてしまうと、意味がなくなるからな。まあ許せ。そのうちわかることだろう。

……だいぶ、難儀してはいるが」

神威はそう言うと、少し痛ましいような色をした目で桃霞を見つめた。まるで自分を通して何かを探っているようで、そんな顔で見られると、どこかいたたまれなくなる。

相変わらず、わからないことだらけだ。

「祝言の日どりが決まった。六日後だ。それが終わったら、もう少し詳しく教えてやる」

「本気で私を娶る気か」

「当たり前じゃないか。何を言ってるんだ？」

いかにも当然と言わんばかりの得意げな笑みを浮かべる神威に、桃霞はやはり当惑する。

幼い頃から言い聞かせていたことではあるが、鬼の首領がこんな美丈夫とも言える男だとは想像してもおらず、またこれほど可愛がられるとも思っていなかった。口説かれる言葉に、いっそ何もかも忘れて応えてしまいたい。

頭の中には相変わらず使命のことがあった。

重さを放り出すことはできないと知りつつも、その誘惑はあまりに甘く桃霞を包み込む。

「お前はもう、髪の一筋まで俺のものだ」

広い胸に抱き込まれてまた接吻されると、うっとりと心地よい酩酊感が桃霞を包む。それに抗うのは困難なことかもしれない、と桃霞は思った。


岩でできた廊下を、案内している音斬の後ろについて歩く。ここ数日間の鬼たちからの調教は、すっかり桃霞を警戒させ、誰かと行き交うたびに身体を硬くして緊張してしまう。

だが、誰も桃霞に対して手出しはしてこなかった。

「そんなに緊張しなくていいですよ。神威がもうあなたに手を出すなって言ってきましたから、今そういうことをする命知らずはいない」

後ろの気配を察したのか、振り返った音斬がくすりと笑いながら言う。彼もまた、桃霞を犯した鬼の一人だ。それを思うと、どう反応したらいいのかわからない。

「あれだけの目に遭って、ずいぶんと清廉なままなんですね。神威が入れ込むのもわかる気がしますけど」

「どこに連れていく気だ?」

「心配しなくていいですよ。神威からあなたを連れてこいと言われたから、『結びの間』まで行くだけです」

「結びの間…?」

「あなたたちが祝言を挙げる場所です。普段は入れません。特別な許可がないとね」

いくつかの扉を開いた先に、見張りが二人立っていた。彼らは音斬と桃霞の姿を見ると、直立で礼を取る。

「連れてきた。通してくれ」

「は、中でお待ちです」

どうやら話は通っているらしい。見張りの間を通り抜けると、階段になっていた。ずいぶんと長いらしく、ずっと下まで伸びている。

螺旋《らせん》を描くそれをぐるぐると下っていくと、ふいに視界が開けた。そこは百畳はあるだろうかという広い空間だったが、中心にひと際目を引く大きなものがあった。

「あれは、からくり……？」

「これがこの島の中心にして、最重要部ですよ。神威の父が製作したものです」

見上げるほど高い天井に届くほどのその装置は、木と鉄で作られていた。表面には腐食を防ぐためなのか、何かの樹液が塗られている。

全体的に丸っぽい曲線を描く本体から、何本かの太い柱が延びており、その中のいくつかに太い鎖が絡みついていた。

そこまで注視した時、装置の前に祭壇のようなものが設けられていることに気がつく。あれはもしや――と思っていると、どこからか神威が姿を見せて、こちらへ近づいてきた。

「すまなかったな、音斬」

「どういたしまして。それじゃ俺は持ち場に戻るから、ごゆっくり」

音斬は神威に桃霞を引き渡すと、あっさりと片手を上げて去ってゆく。帰る時には、またあの長い階段を、今度は上っていかねばならないのだろうか。人間よりも体力があるからおそらく平気なのだろうな、と思って見送っていると、急にぐい、と肩を抱かれた。

「そんなにあいつばかり気になるのか？」

「は？」

いきなり素っ頓狂なことを聞かれて、桃霞は間の抜けた声を返した。だが神威は大真面目な面持ちで桃霞を覗き込んでいる。

「ここに来る途中で、何かされたんじゃねえだろうな」

「――……」

あまりの態度の変わりように、桃霞は唖然《あぜん》とするしかなかった。これまでさんざん他の鬼たちにこの身体を好きにさせていたくせに、今更何を言うのか。だがそれを指摘すると、彼はひどく困ったような顔をする。

「仕方がなかった。でももう決めた。俺がやる」

相手が一人になっても、桃霞の身体が空くことはほとんどなかった。神威はその鬼の体力でもって、今度は昼となく夜となく桃霞を求めてくる。今日などは、淫夢を見て目覚めたと思ったら、神威が脚の間に顔を埋めていた。

そして桃霞は、このところ自分の身体が何か別のものになろうとしているのを感じている。単に淫らになったというわけではなく、抑えつけられていたものが膜を破って出てこようとしているような感覚。それは特に、性交中に強く感じられた。

「こっちに来い」

腕を引かれ、桃霞は巨大な装置の前に連れていかれる。よく見ると、装置は床の中に埋まっていて、もっと下まで続いているようだった。

「こんな大きなからくりは見たことがないだろう。これが、鬼牙島が鬼牙島たる所以《ゆえん》だ」

「この装置は？」

桃霞が訊《たず》ねると、神威は誇らしげにそれを見上げて答えた。

「こいつは、島を動かすためのものだ」

「島を……動かす？」

突拍子もないことを言われたような気がして、桃霞は思わず問い返す。

「ああ。この島はもともと移動型だった。俺たちは昔は島を動かしては、自由に海を行き来していたんだ」

「今は？」

「今は、使えない。ここに繋ぎとめられたままだ」

ついさっきまで誇らしげだった神威の表情が、急に曇りはじめた。悔しさを抑えているような瞳の奥に憤怒《ふんぬ》の色が見え隠れしている。

「……どうして？」

「昔、都の術者から術をかけられて、鎖を凍結させられた。およそ百年、このままだ」

「――――」

桃霞はゆっくりと息を呑んだ。猿田彦たちの話しぶりから、人間たちの試みはこれまで失敗してきたと思っていたのだが、どうやら思った以上に鬼たちにも損害を与えていたらしい。

「なぜ私をここに連れてきた」

そんな、島の根幹に関わることを告げられて、桃霞は戸惑う。

「何か、恩恵を受けられればと思ってな」

「恩恵?」

「お前が、俺たちへと近づくための」

それは多分、深部の知識を共有することによって、運命を共にせよと言っているのだろう。

彼の言葉は抽象的だったが、桃霞にはなんとなく神威がそう言っているような気がした。

「……わからなくなってきた」

これは明らかに歩み寄りだと思う。

「何がだ?」

「お前たちがいったいどういう存在なのか。——教えてくれ。鬼たちは本当に、人に害を成す存在ではないのか?」

桃霞は詰め寄るように神威に問い質した。いつになくせっぱつまった顔をしていたらしく、彼は肩を竦めながら、薄く笑う。

「その、害ってのは、どういうことを指してるんだ?」

「……人を、殺めたり、疫病を流行らせたり……」

「そう、俺たちはそんなふうに言われているな」

まるでわかっていたように、神威が軽く頷いた。桃霞は今まで立っていた足元が、ふいにぐらつきはじめるような予感を覚える。

「残念ながらそれは真実じゃねえ。俺たちはこの島で採れる木の実や薬草を薬にして都に売ったり、細工物を請け負ったりして商売をしている」

桃霞は先日の鬼の少年の件を思い出した。彼が手を伸ばしていたのは、自分たちの商売に使う原料だったのだ。だが、続く神威の言葉が、桃霞の頭をガン、と殴りつけた。

「まあ、時には人の命を奪ったりもするがな。都の政府からの依頼で」

政府は執政に邪魔な敵を、鬼たちを使って暗殺しているという。

「……そんな」

では、疫病というのは？

「それも俺たちには関係ねえ。お前らの政府が、都合の悪いことを俺たちに押しつけているだけだ」

にわかには信じがたかった。それまで本当だと思い込んでいたことが、全部虚構だったというのか。

「では、私はなんのためにここに来た⁉」

思わず声を荒らげた桃霞を、神威はじっと見た。

「……契約だ」

「私が十八になった時に、ここへよこすということか？　それは、意味があることなのか？」

邪悪な鬼たちへの珍しい供物として捧げられるため。自分はそのために里で育てられた。だが、彼らが本当は都で言われているような邪悪な存在ではないというのなら、それはいったいどういう意味を持つのだろう。

「お前、里で術をかけられなかったか？」

「術？」

唐突に聞かれ、桃霞は困惑しながらも首を横に振る。そんな記憶はない。神威はそうか、と言いながらも、だが何かを探るように桃霞を見ていた。

「――――ひとつだけ念を押しておいてやる」

自分はひどく不安そうな顔をしていたのだろうか。桃霞の頬に、熱い指が触れる。

「俺がずっとお前を待っていたのは本当だ。それこそ、お前が生まれた時から。これが運命だと今でも思っている」

「神威……」

「お前はこんなところに来て生け贄にでもなった気でいるのかもしれんが……、俺は本気だ」

お前を妻として娶り、とこしえに愛する。

背の高い神威が、身を屈めるようにして桃霞を抱き締めた。その耳元でそんなふうに熱く囁かれると、身体から力が抜けていきそうになる。

自分の中で熱い感情が弾け、それが指先を震わせるのを、桃霞はもう、止めることができなかった。

「ひどい男だな、お前は」

「鬼だからな」

彼はこんな時だけ残酷な鬼を気取り、低く笑いを漏らす。桃霞は震える腕を持ち上げ、その手で神威の背中を抱いた。

「ほだされたなんて、悔しい」

「いいじゃないか。お前も俺を好きになれよ」

彼が好きだ、と、もう認めざるを得なかった。

だが自分には役目がある。彼らを裏切ることはできない。何もかもを忘れて神威の妻になることは叶わないことだ。

一人途方に暮れる桃霞に気づかれぬように、神威は苦しげに抱き締める腕の力を強くした。

島に来てから、九日。通達された祝言まではあと一日と迫った。心の整理もつかないまま、桃霞は目前に迫ったその日を迎えることとなる。特別な場所だと言われて教えられた岩場の温泉で身を清めるべく、桃霞は一人、着物を脱ぎ落とした。

足先を湯につけると、さほど熱くもなかった。いつも使っている湯殿と同じくらいだろうか。

桃霞はゆっくりと身を沈めた。心地よい湯に思わずほっと息をつく。

だがその時、背後に複数の人の気配を感じた。

「――――っ」

まさか他の鬼たちだろうかと、桃霞は反射的に気配の方に振り返る。だが目に映ったのは、ここに来た日に追い返された猿田彦たちだった。

「あなた方は……！」

「桃霞殿。ご無事でしたかな」

裸の桃霞は、慌てて手近の襦袢《じゅばん》を摑んで羽織り、温泉から出る。濡れた肌に布が張りついたが、そんなことは構っていられなかった。

「今まで、どうしていたのですか」

一度ここから離れてしまったら、再び近づくのは容易ではないはずだ。これまでずっとそのことが気になっていたのだが。

「城の裏側に、船を隠せるだけの洞窟があるのです。今までずっとそこに潜み、好機を窺っていました。今日、桃霞殿がこの岩場で湯浴みをするはずだと思い、お待ちしていたのです」

それを聞いて桃霞は驚いた。だが三人は事もなげに状況を説明する。どうやら、この島に関しては、長い時間をかけて調査済みらしいというのは本当らしい。

「ひとつ、聞きたいのですが」

「なんですか」

「なぜそこまでして……。私はここで鬼の集落を見ました。その暮らしぶりは、我々人間とそう変わらない。全滅に追い込む必要があるのですか？」

「桃霞殿」

彼らにとっては、そんなことは感傷でしかないのだろう。今になって鬼たちを擁護するようなことを言う桃霞に向かって、彼らはやれやれとため息をつかんばかりだった。

「あなたは、奴らに丸め込まれているのです」

「――――」

そんなふうに言われると、何も言い返せなかった。確かに、そうかもしれない。最初の頃こそひどい目にも遭ったが、今は神威に情熱的に抱かれ、お前が好きだと口説かれている。実際、ほだされかかっている自覚もあるのだ。――あからさまな好意を、向けられたことがないから。

「よろしいですか。この最後の爆薬を、あなたに仕掛けてもらいたいのです」

「どこに……」

「城の中ですよ。巨大なからくりがある部屋があるはずです」

その言葉に、桃霞は先日神威に見せられた光景を思い出した。島を動かすことができるという、あの装置。それがある部屋を、桃霞は確かに知っている。

「ご存知のようですね」

「………」

「その部屋の下にある地盤が、島の急所のひとつです。これを今夜爆発させていただきたい。それを合図にして、我々もそれぞれ仕掛けたものを使います」

「今夜?」

「好機は一度きりです」

有無を言わせない響きが桃霞の反論を封じ込める。桃霞が生まれた時から準備してきたということは、十八年もの間、彼らは鬼を退治することを考えてきたのだ。桃霞が今更そんなことを言っても、聞く耳を持たないのも当然かもしれない。

「桃霞殿は里から出られたことがないのでよく知らぬでしょうが、鬼とはそれくらい害のある存在なのです。人間が心安く暮らすには、駆逐せねばなりません」

それに、と猿田彦は続けた。

「桃霞殿が見事お役目を成された暁には、人里へ帰ることもできましょう。そして今度は自由も約束されます。里から出ることもできますよ」

「…………」

人の世界へと戻ることができ、さらに自由も与えられると聞き、桃霞は思わず顔を上げる。

「なれど、逆に放棄されれば、里の者の連帯責任とされるかもしれません」

「……そんな」

それは脅しも同然だった。だが自由も責任も、桃霞を働かせるための嘘かもしれない。だが自由はともかく、自分を育ててくれた老父母に咎《とが》を負わせるのだけは避けたかった。

「どうしました。桃霞殿。臆《おく》しましたか。まさか鬼共に懐柔されたわけではありますまいな？」

迷いを見せはじめた桃霞に、猿田彦たちは不審の目を向ける。

「懐柔など！」

強い口調で反論したが、ふと脳裏に神威の姿が浮かび、桃霞はそれ以上続けることができなかった。今、桃霞は確かに、あの鬼に対して何か特別な感情を抱こうとしている。錯覚だと思い込もうとしても、触れられると思うだけで苦しいほどに心臓が高鳴り、見つめられるとどうしていいかわからなくなる。

これは懐柔されているということなのだろうか。

「相手は奸計《かんけい》に長《た》けた鬼ですぞ。初《うぶ》な桃霞殿を搦め捕り、味方に引き込もうという姑息《こそく》な謀《はかりごと》です。本気にしてはなりません」

「…………」

やはり、そうなのだろうか。

桃霞には色恋沙汰《いろこいざた》の比較対象がないから、何が本当なのかわからない。神威が、時にせっぱつまったように自分を口説いてくるのも、あれも戯言だというのか。

「やはり、抱かれてしまったようですな」

「！」

単衣《ひとえぎぬ》一枚の身体を隠すように、桃霞は自らの腕を抱いた。彼らの視線が、覚えのある色を纏って絡みついてくるような気がした。だが桃霞は気づいてしまう。その肉欲を孕んだ眼差しの中に、侮蔑《ぶべつ》の色が混ざっていることを。

「あなたはずっと人の中で生きてきた。それを忘れてしまったわけではありますすまいな。桃霞殿、あなたは人ですか。それとも鬼となりますか？」

「私は人です!」

桃霞は叫ぶように答える。自分は人だ。こんな身体をしてはいるが、人の中で育ち、人だと思って生きてきた。今になってそれを否定されたら、きっと自分は生きてはいけないだろう。

「結構。では、それを」

桃霞は手の中の重い丸薬に視線を落とす。自分が人であるという証を立てるには、これを

先日の場所に仕掛けねばならないということだ。

「時刻は今夜、亥《い》の刻ちょうどです」

ここに来る前は、鬼たちを討つことに躊躇いはなかった。自分にできることなら、どんな

ことでもしようと思っていた。

まさかこんな、迷いを抱えるはめになろうとは。

濡れた単衣を纏っている身体に風が吹きつけ、桃霞はぶるりと肩を震わせる。

「お役目を果たされた暁には、共に人の世に帰りましょう」

それは桃霞が最も望んでいたことだ。そのために、望まない殺戮《さつりく》にも手を貸さねばならな

い。

わかっている。これは綺麗事では済まされないのだ。

手の中のものは、まるで桃霞の覚悟を試すように重さを増してくるようだった。

――果たして、自分はどう振る舞うべきなのか。

ここで選択を間違えれば、取り返しのつかない事態になるということをひしひしと思い知らされ、桃霞は我知らず、唇を強く噛み締めていた。

ここの空気は、こんなに重く冷たいものだったろうか。

誰もいない広い空間は、今は動かない巨大なからくりと共にしん、と押し黙って、どこか桃霞を責めるように押し黙っている。

つい先日、神威とここで話した時には、この空間はまだこんなによそよそしい顔をしてはいなかった。彼の妻になる者として、桃霞を受け入れてくれるような気配があった。

「……私を責めているのか」

桃霞は布で覆ったそれを、そのからくりの近くに静かに置く。それだけでもゴトン、という重い音が響き渡って、ひやりと背中を竦ませた。

爆薬をもらった時からわかっていた。ここでこの爆薬に火をつければ、桃霞はここから出られない。導火線を火が伝っている間に上に行けたとしても、おそらくもう見張りの者たちが戻っている。爆発の衝撃が伝われば、桃霞の仕業だということは明らかになるだろう。その間に鬼たちに見つからないところまで逃げ延びるというのは、自分には無理なことだと思った。

彼らはあの時、成功したら共に帰ろう、などと言っていたが、その実、桃霞に死ねと言っていたのだ。

自分に拒否権などあるはずもない。老父母たちの処遇と引き換えにされれば、命令に従わざるを得ない。

最初から、自分は捨て駒だった。

それでも今更嘆くのは、もうやめようと思う。

ただ、鮮やかな感情をあの鬼によって見せられたことが、つらかった。

腰に差した小太刀の重みが、桃霞をゆっくりと現実に引き戻してくれた。これは桃霞が桃霞であるという、ただひとつの証。その柄を無意識に握りしめて、桃霞は選択の時が迫っていることを感じた。

火種の蠟燭《ろうそく》を手に、桃霞はしばし立ち竦む。刻限まであとわずか。

猿田彦たちと共にこの島を沈め、鬼を殲滅する。

自分に本当にそんなことができるのだろうか。

――それで、後悔はしないのか。

頭に思い浮かぶのは、あの青灰色の瞳をした鬼のことばかりだった。

桃霞のこの行いは、間違いなく彼に対する裏切りだろう。これ以上はない手ひどい仕打ちを自分がしたと知ったら、いったい彼はどう思うのだろうか。

ずきりと痛む胸を、桃霞はあえて気づかない振りをする。それも関係のないこと。どうせもうすぐ死ぬのだ。

所詮《しょせん》は人と鬼。彼と自分とでは、わかり合えないのだ。

――――そう、私は人だ。

今更人の定義から外されてしまうということは、桃霞のこれまでのすべてが否定されることだ。

そんなことは、絶対に耐えられはしないだろう。

足元でとぐろを巻く導火線に、桃霞は静かに屈み込む。その線の先端を掴み、手元の燭台《しょくだい》を軽く傾けた。

「――――」

頭の中が真っ白になる。鼓動が早鐘のように鳴り響く。

その先端が今にも燃え出すのではないかと思った時、唐突に背後から声をかけられた。

「――――何をしている」

「！」

桃霞はゆっくりと振り向く。そこには思った通りの表情をしている神威がいた。怒りと、失望がないまぜになったような顔。そしてそんな顔をさせたのは桃霞だ。

その時に感じたのが、焦燥ではなく安堵《あんど》だったことを、凍りついたような時間の中で不思議に思う。

腕を摑まれ捻り上げられた時、苦痛に顔を歪めながらも、桃霞は何ひとつとして言い訳じみたことは口にしなかった。


「神威には悪いと思ったよ。けど、万が一って時のことを考えていたからな」

桃霞が仕掛けようとした爆薬が床に転がされている。

「人間共はこの機会に絶対に何か仕掛けてくると思っていた。結びの間を見せたら、もうそこしかないと思ってわざと泳がせたんだ」

「――ああ。わかってる。すまないな」

音斬の話す声に、神威の声が短く重なる。その声は低く、何かを押し殺しているようだった。多分怒っているのだろう。当然だ。

考えてみれば、祝言を明日に控えた大事な儀式の場所に見張りがいないのは不自然なことだった。だが、それが自分を罠にはめるためだと思えば頷ける。自分はまんまと、音斬の策略に引っかかったのだ。

どこか牢のような部屋に連れていかれた桃霞は、そこで半裸にされ、両手を頭上から吊《つる》されて、性の拷問を受けていた。

背後から後孔に深く挿入され、容赦なく揺さぶられる。それでも念入りに仕込まれた身体は、そんな扱いにさえ貪欲に快楽を貪った。息を吸い込むたびに鼻をつく甘ったるい匂い。それは犯されるたびに焚かれる香だ。

「う、あ…あっ、あっ、うぅ……っ！」

猛った熱い男根が内壁を押し広げて突き上げてくるたびに、桃霞は奥歯をきりきりと噛み締めるようにして喘ぐ。周りには数人の鬼たちがいて、その様子を眺めていた。正面には神威の姿もある。彼は壁に背中を預け、腕組みをし、桃霞が犯される姿を睨むようにして見つめていた。突き刺すような視線が火照った肌に刺さり、チリチリと刺激を与えてくる。

桃霞はそんな彼の顔を見たくなくて、きつく目を閉じ、顔を背けていた。裏切ったのは自分の方。だから、これもきっと報いなのだ。

「んっ！　ん…う、んんんっ……！」

身の内を擦られる愉悦に耐えきれず、桃霞が全身を身悶えさせて絶頂に達する。剝き出しにされた脚の間の、男のものから白い蜜が弾けた。

「あ、あっ、くぅうっ…！」

「そろそろ素直になったらどうだ？」

はあはあと荒い息をつく桃霞を覗き込んでくるのは音斬だ。彼は桃霞の細い顎をぐいと摑むと、神威の方に向けるように顔を上げさせた。

「や……」

「お前らが企んでいたことを教えろ」

睫を震わせ、桃霞は濡れた瞳をうっすらと開ける。滲んだ視界の中に無言で自分を睨んでいる神威が映り、胸が痛んで再び瞳を閉じた。

「……知らない。詳しいことは何も。その爆薬を使えとしか……っ」

「人の言うことは信用できないな」

「ああっ！」

射精したばかりのそれをきつく扱き上げられ、神経が焼けつきそうな刺激が広がる。奥まった女の部分から、透明な愛液が滴っては内腿を濡らしていった。

その時、もたれかかっていた壁から背を離して、神威がこちらへとやってくる。怒っている気配をビリビリと感じて、桃霞は快楽の中で身を竦ませた。

「んっ！」

彼の足で両脚を開かされる。驚いた桃霞が目を見開くと、もろに神威と視線が合った。その食い殺されそうな色に捕らえられ、逆に逸らせなくなる。

「俺を騙していたか」

「――――」

違う、とは言えなかった。

なぜなら、桃霞は本当に彼を騙していたのだ。鬼たちを討つという使命を帯びながら、その当の本人と愛を交わそうとした。

神威が怒るのは、至極当然のことだ。

「……殺してくれ」

その使命すら失敗した今、桃霞が生きる理由はなくなったも同然だった。時間通りに爆発が起こらなかったことで、猿田彦たちは新たな手段を用いることになるだろう。その作戦から桃霞は排除されており、結果自分は見切られる。

何をやっているんだ、私は。

どちらを切り捨てることもできず、中途半端に行動した結果がこれだ。無様な報いは、受けなければばならないだろう。

だが、神威はそんな桃霞の言葉に、男らしい眉をはね上げて瞳に炎を燃え上がらせた。

「よくもそんなことが言えたもんだぜ」

「あ……っ」

「俺を虚仮《こけ》にした落とし前はつけてもらう。この身体でな」

「鎖で繋いで、城専用の性欲処理にでもしようか」

音斬が冗談とも本気ともつかない口調で言う。神威は桃霞の震える唇に、指でなぞるように触れてから、残酷な笑みを浮かべて言った。

「その前に、徹底的に辱めてやる」

ぞくり、と背中に悪寒が走る。これまでだってさんざん陵辱されてきた。だが、なおも屈辱的な目に遭わせると宣言されて、桃霞の肌がぶるりと震える。このわななきは怯えか、それとも待っているのだろうか。

「だが、殺さねえ。死ぬまで肉奴隷として飼ってやる。お前は俺のものだ」

「……っ」

愛も労《いたわ》りもなく、ただ『使われる』のだ。それが自分の行き着く先か——と、桃霞は諦めにも似た思いで神威を見つめ返す。

脚を抱え上げられ、その間に彼の太い胴が入ってきた。取り出された熱いものの先端を女陰の入り口に当てられ、桃霞はそこがヒクつくのを感じる。こんな状況で、とは思うのに、身体は止められなかった。

「さあ、よがれよ」

「……っんぅ、はあぁ…っ」

凶器のような神威の男根が、卑猥な音を立てながら体内に深く入ってくる。一番張り出した部分が蜜壺を拡げていく感覚に、桃霞はどうしようもなくなった。

「んん、んくぅっ……うっ」

ゆっくりと、だが容赦なく突き上げてくる腰。同時に背後の男が変わり、新たな肉棒が後孔を貫いてきて、桃霞は前後を同時に犯される。

「は、ひ……っ」

どちらか一方でさえ耐えがたいのに、いっぺんに入れられると気が狂いそうになる。だが、もうその方がいいのかもしれない。何もかもわからなくなって、壊れて、ただ快楽を求める獣になってしまったらいい。

「そら、こうされると……たまらないだろ？」

嬲る動きで、凶器の先端が感じやすいところに当てられる。桃霞は背中をびくびくと震わせながらその快感に耐えようとした。

「んんっ、く、――――あ、あっ！」

声を抑えようとしたが、無駄だった。今や桃霞の肉体は、こんな無慈悲な交わりにさえも悦びを覚え、柔らかく狭い蜜壺を濡らしてしまっている。神威が中で突き上げてくるたびに押し開かれ、擦られる粘膜が感じてしまってたまらない。

「や、あ――――あ……っ」

「……本当に知らないのか？　それとも黙っているのか、どっちだ」

「ほ、ほんとうに…っ、しらな…、あ…んっ」

「さあ、どうだかな。何せお前は嘘つきだ」

「……っ」

低い声が、嘲《あざけ》るように、責め立てるように桃霞の耳に絡みつく。信じて、と言いかけて、桃霞は唇を噛んだ。

「だが、身体は嘘はつけないだろ」

神威の舌先が尖りきった乳首を舐め、あやすように転がしてくる。途端に、背筋をぞくぞくっ、と寒気にも似た感覚が走った。入れられている最中に弱い突起をしゃぶられると、前も後ろもはしたなく収縮してしまう。それが恥ずかしくて、そして気持ちよくてならない。

「あうっ、…あぁ、う……っ」

「うわっ…、すげえ。こっちを吸い込んでいくようだぜ」

後ろに入れている鬼が、感極まったように呟く。桃霞ももう、限界近くまで追いつめられていた。男二人を銜え込んだふたつの孔が、耐えきれずに痙攣する。

「ああっ、あっ、あっ、も、もうイく、……い…い…っ！」

次の瞬間に襲ってくる、身体がバラバラになりそうな快感。欲求のままに強く中を締め上げると、体内を熱く濡らし上げられる感覚が、前と後ろでほぼ同時に感じられた。

「あ、あ――――……っ、熱っ…！」

人間はどうなのかよくわからないが、鬼の精液は熱い。内壁にぶちまけられると、痺れるような愉悦を覚えてしまう。

「はあ、は…あ…っ」

鬼の男に挟み込まれた細い身体が、びくびくとわなないた。

「お前は本当に中に出されるのが好きだな」

「……ちが…っ」

「違うのか？　なら別のことをしようか」

やや息を荒らげた神威が、桃霞の中からずるりと自身を引き抜く。その感触にさえ感じてしまって、物欲しげに媚肉をヒクつかせた。

「後ろは休まずに犯せ。好きに出して構わないぞ」

容赦のない、残酷な指示が飛ぶ。一時は自分に対し甘い睦言《むつごと》を囁いた、その同じ口で。

「承知。ほんと、すげえ孔ですよ」

「おい、早く交代しろよ」

せっつかれた後ろの鬼が、名残《なごり》惜しそうに男根を引き抜き、また別のものがぐずぐずに蕩けたそこに押し当てられる。桃霞は泣き出しそうに美しい顔を歪め、黒髪を打ち振った。

「あ、あっ、やっ……！」

拒んでも、許してもらえるはずもない。そして桃霞の意志を無視して押し入ってきたものさえ、この身体は受け入れてしまうのだ。

「ん、んっ、ふぅあっ……！」

嫌なのに、どうしても感じてしまう。逃げようと腰を浮かそうとするが、乱暴に腰骨を摑まれて、深々と埋められてしまった。

「うあ、あっ…！」

「そんなに蕩けた顔をして。感じるのか」

お前がそんなふうにしたくせに。そう反論しようとしたが、言葉にならなかった。神威はそんな桃霞の顎に手をかけると、その口腔を思う様舌でまさぐってくる。後ろを犯されながら敏感な粘膜をも舐められて、頭の芯がくらくらと揺れた。

「ん、ん――――んぅ…」

無理やりされているはずなのに、鼻から甘く漏れる声が出てしまう。そんな自分が恥ずかしくてならなかった。

「もっと恥ずかしいことをしてやろうか」

桃霞の心を読んだように、神威が濡れた口元を啄ばみながら煽ってくる。何を……と問う間もなく、彼の指がついさっきまで犯されていた女陰へと潜り込んできた。花弁を二本の指でくっ、と開かれると、とろりとした蜜と精液が混ざり合ったものが内股へと伝い落ちる。

「あ……っ」

その中に、ぬるりと指が入ってきた。一本、そして二本と入れられ、濡れた壁をくすぐるように撫でられる。

「あ、あんっ…、や」

脚のつけ根が激しく痙攣した。自然、背後の孔にも力が入り、そこを犯している鬼の満足そうな呻きが聞こえる。

「すげえ音だな」

指が大きく動かされると、じゅぷじゅぷといういやらしい音が響いた。桃霞は身体中を真っ赤に染めて、切れ切れの声を上げながら腰を揺らす。蹂躙され、中に出されて性感が剝き出しになったような状態のそこを、そんなふうに卑猥に責められるのはたまったものではない。

「やぁ、あう、あううんっ…！」

「中も可愛らしく痙攣しているな。こっちはどうだ？」

神威が、女陰の前方で震えながらそそり立っているものにも手をかける。桃霞がはっと目を見開いた時、それはすでに彼の掌の中に握られていた。

「ああ、あっ…！」

下半身のすべての泣きどころを押さえられてしまい、桃霞は嗚咽する。これでは、自分はもう少しも耐えられないだろう。

「普通の人間では到底経験できないようなことを味わわせてやる」

女陰を穿ってくる指の動きはそのままに、神威は屹立の先端へも指の腹を触れさせてきた。さっき射精したばかりの小さな孔を捕らえ、その周りをくるくると撫で回す。

「ひぁ、あっ！」

あまりの強烈な刺激に、桃霞の全身ががくん、と跳ね上がった。

「お前の男の部分と女の部分――――、両方で潮を噴かせてやる」

「…あ、え――――…？」

最初は、神威の言っていることが理解できなかった。

だが、彼の指が桃霞の最も弱い部分で執拗に動くたびに、脳まで突き抜けるような快感に見舞われる。身体の芯ごとびりびりと痺れて、立たされている膝ががくがくと震えた。

「は、あ…っあ…っ！」

射精したばかりの、それも蜜口を狙って刺激されるのは感じすぎてしまってつらい。それに耐えようとして必死に意識を集中させると、二本の指でかき回されている柔らかな蜜壺への快楽に気が遠くなりそうになる。

「あ、ぁっ…ひ、い、いや、ああっ…あっ！」

全身が燃え上がり、汗が滴り落ちた。喘ぐ口元から唾液が零れていることすら気づかず、桃霞は濡れた舌先を突き出す。きっと凄《すさ》まじくいやらしい表情をしているのだと思ったが、止められなかった。

「いや、それっ…、や、気が、狂うっ…！」

「狂えよ。お前の中の本性を、さらけ出してみろ」

自分の本性など、ただの嘘つきで淫乱だ。そんなことは、ここ数日でわかりきっていることだろうに。それとも、他に何か意味があるというのだろうか。

「あ…うっ、う――――…っ」

執拗で巧みな指の動きが気持ちよすぎる。苦しいくらいだ。

「やっ、あっ…あっ、な、なにかっ、なにか出っ…！」

射精感や絶頂感とは別の感覚が身体の奥からこみ上げてくる。それが怖くて首を振って訴えるが、責めがやむはずもなかった。

「いいぜ。そのまま出してみろ」

「いっいや、あっ…！　は、恥ずかしいっ、あぁあっ…！」

その正体はわからなくとも、それがとてつもない羞恥を伴うものだということは本能で理解できた。だが、神威はどうしても自分に強いたいらしい。

「ふ、う！」

びくん、と全身が跳ねる。

ひと際大きな快感の塊が、桃霞の腰の奥から末端まで、物凄い速度で一気に広がっていった。

「う、う、あ！　あ――――…っ！」

反らした喉から、愉悦の悲鳴が漏れる。と同時に、桃霞の女陰の奥と屹立の先端から、夥しい量の愛液が、まるで潮のように噴き上がった。

「ひぃっ…いっ！　あ、イく、イく…ぅ…っ！」

腰が熔ける――――、そう思ってしまうほどに、その感覚は鮮烈だった。

「……ちゃんと潮を噴けたじゃないか」

「は、あ…あぁっ」

蕩けきって痙攣する女陰の中をぐるりとかき回され、桃霞はぞくぞくと背中を震わせる。何が起こったのかよくわからなかった。ただ、激しすぎる余韻にしゃくり上げながら下を見ると、まるで粗相でもしたように足元に体液が滴っている。

「い、やだ…、もう、や…」

こんなことを、執拗にされたら死んでしまう。

「……こんな、恥ずかしいこと…、しない、で、もう、殺して…」

涙に濡れた目で哀願すると、神威はその青灰の瞳を微かに眇《すが》めて桃霞を見下ろした。その目の奥に痛みのようなものを感じて、それが桃霞の心と肉体を責め立てているのだ。

「お前にそれを願う権利はない」

まるで断罪するような神威の声が無情に降ってきて、桃霞は脚を掴まれて持ち上げられる。ちょうど後ろを使っていた男が果てて、そこから怒張が抜かれたばかりだ。神威はさんざん犯された桃霞の後孔に、少しの容赦もなく自分のものを突き立てようとする。

「あ…や、あ―――…っ」

すっかり柔らかくなり、もう快楽しか感じないそこは、彼の長大なものを呑み込んでいった。

――死んでしまう。

実際にそんなことを口走ったのかもしれなかったが、桃霞にはもうよくわからなくなっていた。

ただ、意識の奥底の方で、何かがひび割れたような感じがする。

こうやって、自分は壊れていくのだと思った。

――もう、いい。快楽しか感じなくなるくらいに壊れてしまいたい。

奥まで抉ってくる神威を締め上げながら、桃霞は絶え間なく襲ってくる絶頂の波に、身も心も委ねていった。


「ここまでやってもまだ駄目か。もう諦めた方がいいかもな」

「まだだ。こいつは絶対俺が目覚めさせる」

神威の、どこか必死な声が頭の中に斬り込んできた。どうしてそんなふうに言うのだろう。

もう自分は、ただの裏切り者なのではなかったのか。

「気持ちはわかるけど、そうも言ってられない状況だぞ」

音斬のため息混じりの言葉が、勇んでいる神威を諭すように響く。それを受けて彼が押し黙るような気配が伝わってきた。

「お前、自分の立場、わかっているだろ」

「……わかってる。ともかく、まずは人間共の動きを把握する」

朧《おぼろ》げな意識の中で、聞こえる神威の声は、なんだか苦しそうだ。

「鎖から降ろしてやれ。どうせまだ何もできない」

声の後で急に腕が軽くなり、桃霞は自分の身体が頽れていくのを感じた。硬い床の上に膝をつく寸前で、覚えのある、力強い腕に抱きかかえられる。

「お前が双月を待っていたのは知ってるけど、そこまで入れ込むとは思わなかったな」

「知っていたならわかれよ。俺はこいつが生まれた時から、人間共に冷遇されているのをずっと見てきたんだ」

どこかせっぱつまったような神威の声。その声を聞くと、桃霞は胸が痛むのを感じた。

身体がふわりと抱き上げられ、乾いた布が心地よく肌を包んだ感触がする。桃霞はそこで、完全に意識を手放した。

「――おい、起きろ！」

乱暴に肩を揺さぶられ、桃霞はハッと目を覚ます。

そこはもとの自分の部屋だった。慌てて起き上がり、自分の身体を見下ろすと、一応ちゃんと夜着が着せられてある。

「神威様がお呼びだ」

「……神威が？」

聞き返そうとして、そこで桃霞はあることに気づいた。城の外が、妙に慌ただしい。大勢の声と、時折聞こえる地鳴りのような響き。それは妙に不穏な空気を孕んでいる。責められ、失神した桃霞を起こしに来た鬼の男も、どこかせっぱつまったような顔つきをして見下ろしていた。

「……何かあったのか」

叫びすぎて掠れかけた声で訊ねると、男は忌々《いまいま》しそうに顔をしかめ、桃霞に寝台から出るように促した。

「人間共が攻めてきた」

「――……」

頭の中に切り込んでくるその言葉がぐるぐると回り出す。

なぜだ。最初から聞いていたはずじゃないか。彼らは言っていたのだ、『鬼を討つ』と。それが現実になったとて、どうして驚く必要がある？

「早くしろ！」

強引に腕を引っ張られた桃霞は、そのまま連れ去られるままに運ばれた。

何度か階段を上り、知らない場所に出ると、喧騒《けんそう》がわっと押し寄せてくる。視界に入ってきた光景に、桃霞は息を呑んだ。

「神威様、一番から十二番まで、すべてに弾込め終わりました！」

「よし」

慌ただしく走り回る鬼たちの中で、堂々と佇み、指揮をとる神威の姿が見える。それはどう見ても戦の用意だった。向こうの海に視線を投じると、その海原に夥しい船が布陣を敷いているのが確認される。暗い闇の中に、いくつもの船の明かりが見えた。こんなことになるとは聞いていない。予想外の事態に、桃霞は目を瞠《みは》った。

「神威様。連れてきました」

「ああ、すまんな」

桃霞を連れてきた男に報告を受け、神威が振り返る。桃霞はびくりと身を竦ませながらも、彼に説明を求めた。

「……これは、いったい……？」

「見ての通りだ。さっき城の外で三つの爆発が起こった。多分、それが合図だったんだろうな」

「私は、こんなことは聞いていない！」

「ああ、そんなことじゃないかと思ったぜ」

思わず声を荒らげる桃霞に対し、神威はあっさりと頷いてみせた。

「お前が失敗した時のための保険だろうな。というか、こっちが本番だったのかもしれん。まあお前が仕掛けたやつが爆発していたら、俺たちはおそらく抵抗もできずに攻め込まれていただろうけどな」

桃霞は身体の横で思わず拳《こぶし》を握り締めた。身の内から、何か熱いものがこみ上げてくる。それはこれまであえて抱かないようにしていた感情だった。怒りという名の。

「音斬。少しここを頼む」

「……手短かにな」

神威の幼なじみが、何かを含んだような顔で頷く。すると神威は桃霞の手を掴み、その場から連れ出した。自分の上着を脱ぎ、肩からかけてくれる。

「どこへ？」

「いいから来い」

狭い螺旋階段を下りると、そこは城の外に通じていた。驚いて神威を見る桃霞に、彼は厳しい顔で告げる。

「ここから逃げろ」

予想もしていなかったことを言われ、言葉の意味を理解するまでに少しの間かかった。数時間前に手ひどく嬲られた時は、死ぬまでここに繋ぐと言っていたのに。

「この島には、外海へ抜けるための船着き場が複数ある。そのうちのいくつかが洞窟になっていて、そこから船で出れば人里へと戻れるはずだ。あいつらも、多分その中のどこかに潜伏していたんだろう」

みすみす潜り込まれたのはこちらの失態だと彼は言う。もともと神威を欺《あざむ》くつもりで、猿田彦たちと通じていたのは自分なのに。

「この壁沿いに進むと地下に入る。少し行けば洞窟になるからそこを進め。開けたところに船があるはずだ。水軍がいる方向とは逆へ行けよ。もしかしたらこの島は沈むかもしれん。その前に、早く行け」

「え――――」

「あいつらが起こした爆発で、島の基盤に小さいとは言えない損傷を負った。攻撃が始まれば、もうあまり保たないかもしれない」

「それなら、お前たちも早く逃げなければ」

「それはできねえ」

神威は首を横に振った。

「俺たちはこの島を――――先祖から預かってきたこの島を捨てることはできない。俺たちはここで生まれ、そしてここで死ぬ。それが鬼の定めだ」

「……神威」

すぐ側では鬼たちが走り回り、女子供を避難させている声が聞こえる。桃霞はその鬼たちを視界の端に捕らえた。身ごもっていると思しき女が、大きな腹部を庇《かば》うようにしながら必死に歩いている。それを支えるつき添いの女の腕にも、乳飲み子らしき子が抱えられていた。

こんな、なんの罪のなさそうな鬼たちも、鬼というだけで殺されねばならないのか。

「桃霞、早く行け」

桃霞の心が激しく揺れる。

自分はいったい何をしたのだ。知らなかったとはいえ、猿田彦たちに利用され、捨て駒《ごま》同然に見捨てられた。

そしてこの事態を引き起こしたのは、間違いなく自分がきっかけだ。

桃霞がここに来る時が、この殲滅戦の好機だったのだから。

「行け！」

神威が怒鳴る。その声に思わずびくりと肩を揺らした時、どこからかひゅっ、と、風を切るような音が聞こえた。

「え……っ」

「桃霞！」

引き寄せられ、視界いっぱいに神威の背中が広がる。だがそれとほぼ同時に、彼の背中が歪《いびつ》にたわんだように見えた。肉に何かが突き刺さるような、嫌な音。

「……神威？」

彼は桃霞に背中を向けたまましばし沈黙していた。だが、やがてふいに均衡を失ってしまったかのようにぐらりと身体が傾《かし》ぐ。

「――神威っ！」

倒れてきた彼を受けとめた時、桃霞は目を瞠った。

神威の肩から胸にかけて数本の矢が刺さっている。それは深々と肉を抉り、傷口から血を滲ませていた。

「……くそ……」

「――神威、なぜ、こんな…っ」

彼を手近な壁に寄りかからせると、桃霞は改めて矢に穿たれた傷口を見る。

ひどかった。鏃《やじり》は奥深く体内に食い込み、ちょっとやそっとでは抜けそうにない。いくら神威が強靱な鬼とはいっても、こんな状態になっては平気とは言えないだろう。

――どうすればいい。

神威は、自分を庇って矢に討たれた。本来なら、ここで串刺しにされているのは自分だったはずだ。

どうして、という言葉が頭の中で回る。それは桃霞の感情を混乱させ、軋ませた。

「……何してる、早く行け」

神威は苦しげな息の下でそう言った。桃霞は咄嗟に首を振る。こんな状態の彼を見捨てて、逃げられるわけなどない。

「……鏃に毒が塗ってある。またすぐに討ってくるかもしれない。その前、に」

そこまで言ってから、神威はふいに声を詰まらせる。苦痛に顔を歪めたかと思うと、がはっ、と大きく咳《せ》き込んだ。

「……っ！」

「神威っ！」

神威の口から鮮血が迸り出る。毒の作用だろうか。顔色が一気に悪くなり、呼吸も乱れてきた。

「しっかり、しろっ…！」

「…お、前、何やってるんだ。…っあんな、ひどい目に遭わせた俺なんか、どうなってもいいだろう…っ」

天罰が当たったんじゃないのか、と自嘲的な笑みを浮かべる彼を見て、桃霞は身体の底が

すうっと凍りついていくのを感じた。

忍び寄る、死の気配。

あれだけ圧倒的な力を誇り、桃霞を完膚なきまでに陵辱し支配した男が、その命を落とそうとしている。

しかも桃霞を守って。

そして彼がいなくなったら、今、未曾有《みぞう》の危機に晒されているこの島の鬼たちはどうなる。頭を欠いたまま、人間たちの攻撃に為《な》す術もなく滅ぼされてしまうのではないだろうか。

「お前…っ、私を死ぬまで繋ぎとめるんだろう」

ここで死ぬなんて、許さない。だがどうしたらいい。この毒矢を、無理にでも引き抜いてしまった方がいいのか――――。

焦燥に駆られているその時、背後から複数の気配がやってきた。桃霞はハッとして振り向き、覚えのあるそれに対して身構える。

「おお、桃霞殿ではないですか」

猿田彦、犬季、雉吉。

彼らは桃霞を守ってここまで連れてきた。それもそのはずだ。自分は大事な駒だったのだから。

「首尾は叶わなかったようですが、まあいいでしょう」

雉吉が新たな矢をつがえ、その狙いを桃霞に向ける。

「桃霞殿。ありがとうございました。あなたのおかげで、ここまで来ることができましたよ。後は我らにおまかせあれ」

「……最初から、利用していたということか」

「何を言っている。お前のような異形が、我らの仲間などであるはずがない。そこの鬼の首領と一緒に滅んでもらおう」

桃霞はもはや自分がなんと言われようと、構いやしなかった。ただ、みすみす神威を殺されるのだけは黙っているわけにはいかない。

「ほう、庇うというのか」

「……よせ、桃霞。逃げろ」

立ち上がり、その背に神威を庇った桃霞に、後ろから苦しげな低い声がかかる。

どうしてなのかは、自分でもよくわからない。

ただ、この鬼の男にされたことは、ひどいことばかりではなかったように思う。

自分が長い間望んでも叶わなかったものを、神威は確かにくれたのだ。

たとえこの身体を部下に与えたとしても、彼は必ず、それ以上に深く自分を抱いてくれたから。

「この島から去れ」

桃霞は屹然とした声で言い放つ。だが、それに答える声は当然のごとく、冷笑に満ちたものだった。

「鬼と一緒に死ね！」

雉吉の構える弓から放たれた矢が、一直線に桃霞へと向かい、深々と身体に突き刺さる。

「――――桃霞っ！」

全身に衝撃が走った。だが、苦痛はさほどでもない。

足が地面から離れ、まるで時が止まったかのようにゆっくりと身体が宙を舞う。

――このまま死ぬのか。彼と一緒に。

それもいいのかもしれない。誰も知らない場所へ一人流れ着き、また孤独な時を過ごすよりは、ほんの一時でも情を交わした相手と共に命を落とす方が、いくらか救われるように思える。

意識が薄れていく。

その時、ちょうど水平線の向こうから太陽が顔を出し、夜明けの訪れを迎えた。

旭日《きょくじつ》が射貫かれた桃霞の身体を照らし、輪郭を浮かび上がらせる。

神威――――、と声にならない言葉を唇が紡いだ時、何かが弾けたように、桃霞に変化が起こった。

「何っ……！」

「しまった――――」

猿田彦たちの驚く声がどこか遠くで聞こえる。

身体の奥から、強大な潮流が溢れ出てくるような感覚がした。

まるで、長い間鎖で封じ込められていた扉が、大きく解放されたような感じ。

そこから今まで感じたことのない波が肉体を包み込み、自分の中の何かを変質させてゆく。

いや、これは変質ではない。

――あるべきものへと、戻ってゆくのだ。

桃霞の黒髪が風に舞うように広がり、その身体が内側から淡く発光する。そしてそれがおさまった時、ゆっくりと目を開けた桃霞は、確かに胸を貫いていたはずの矢が足元に落ちているのに気がついた。胸元に手を当ててみると、着物に微かに血の痕《あと》を残しているだけで、傷らしきものがあるような感じもしない。

「――――」

そして頭部に感じる違和感。

おそるおそる手を当ててみると、指に硬い感触が触れた。頭の両側に二本あるそれは。

「角……？」

「……目覚めたか……」

神威が低く呟く声に、桃霞は思わず彼を見る。彼の状態は明らかに悪くなっていた。胸を染める赤い染みが大きくなり、息も荒い。

「神威！」

桃霞は自分の身に起きたことよりも、まず彼のもとに駆け寄った。

ひどい。これは手の施しようがない。

なんとかならないものだろうか。この傷を癒《いや》したいのに――――。

桃霞はそう思って手を傷の上に翳した。無意識の仕草だった。だが次の瞬間、その手がぼうっと光り出し、淡い膜のようなものが桃霞の手と神威の傷口を包む。

「！」

みるみるうちに深く刺さった鏃が身体の外に押し出され、さっきの桃霞のように地面に落ちていった。それと同時に傷口も修復され、毒すらも消えていくように、神威の顔色がみるみる回復する。

「……これは……」

「それがお前の力だ」

身体が楽になったのか、しっかりした力強い口調で神威が告げた。その意味を理解しかねていると、背後から殺気が膨れ上がる――――いや、殺気が来るのを関知することができた。

「せっかく、封じ込めていたものを――――！　死ね！」

動いたのは神威だった。彼は素早く起き上がり、腰の小太刀を抜くと、姿勢を低くしたまま目にも止まらぬ速度で猿田彦たちに走っていく。

ふいうちの飛び道具なしでは、もとより人間が鬼の王に敵うわけもなかった。

彼らは一瞬のうちに喉笛を切り裂かれ、断末魔の声を上げることもなく、血の花を咲かせながら地面に倒れ伏していく。

一陣の風が吹いたと思われるその場で、そこに立っていたのは小太刀を血に染めた神威、ただ一人だった。

「――お前の刀を血に染めて、悪かったな」

それは桃霞が身につけていたものだった。神威は倒れた男の衣服でその血を拭うと、丁寧な動きで刀を鞘にしまう。

爆薬を仕掛けるのに失敗した時に取り上げられたものと思っていたが、彼が持っていてくれたのか。

それよりも、自分にいったい何が起こったのか。

まだ混乱する頭で桃霞はそれを彼に尋ねようとしたのだが、それはまたしても叶わなかった。

地を揺るがすような衝撃と爆音が、そう遠くない場所で響いたのだ。

「砲撃が始まった」

押し寄せる爆風から桃霞を庇いながら、神威が忌々しげに吐き捨てる。島の前方に布陣を広げた水軍がとうとう攻撃を始めたらしく、船の砲門から放たれた砲弾が城を目がけて襲いかかってきた。まだ決定的な打撃は受けていないが、それも時間の問題だろう。

「俺は指揮所に行く。お前は……」

神威は少し躊躇ったように桃霞を見ると、抱いた肩に力を込めて言った。

「その姿になったら、人里へは戻れない。一緒に来い」

「――神威……！」

多分、自分は鬼になったのだろう。どうしてかはわからないが、それでもいいと思った。今ここでこの男と別れてしまうくらいなら、たとえこの島で共に死んだとしても構わない。そう思って彼の手を取ったが、砲撃は激しさを増し、爆風と降りかかる土砂でそれ以上進むのが困難になる。

「くそっ、好き放題やりやがって……！」

神威の呪《のろ》うような声が聞こえた。

――いっそ、嵐《あらし》になればいいのに。

海が荒れ、風が吹いて、ただ浮いているのも難しいような状態になればいい。桃霞は天を仰いで、そう願った。

変化はすぐに訪れた。今度は桃霞の全身が光り出し、まるで光の柱のごとく空へと繋がる。どこからか湧き出た黒雲が水軍の上空を覆い、そこだけに激しい雨と風を呼び起こした。

船の安定を奪われた水軍は砲撃どころではない。波に突き上げられ、転覆しないように舵《かじ》をとるので必死だ。そしてそんな水軍にとどめをさすように、ひと際大きな波が襲いかかる。もはや陣形は崩れ、激しい嵐から逃げ出す船まで出てきた。そして旗艦が雷に打たれ、その指揮系統を失ったことによって、都の水軍は壊滅状態となり、我先にと島の海域から離脱していった。

「――――……っ」

膝から力が抜け、桃霞はふらりとその場で倒れそうになった。慌てて伸ばされた神威の腕に倒れ込むと、その体温にほっと安らぎを感じている自分に気がつく。

「大丈夫か?」

「……何が、なんだか……」

「目覚めたばかりで急に力を使いすぎて、疲れたんだ」

軽い頭痛を覚え、こめかみに当てていた手を離し、桃霞はゆっくりと顔を上げた。

「私は、鬼になったのだろうか……」

「お前は、俺たちがずっと待ちわびていた『双月』だよ」

「それはいったいなんなのだ?」

見つめると、神威はどこか優しげな表情をして桃霞を見つめ返した。頭に生えた二本の角にそっと口づけられる。

「美しい角だ」

「神威……」

「お前がなかなか目覚めないから、ずいぶんと焦った。俺だけじゃ駄目だって音斬と長老が言うから、仕方なくお前を他の奴らに抱かせたりして」

神威は以前もそんなことを言っていたような気がした。未だ桃霞が得心できずにいると、彼は足元のおぼつかない桃霞を抱き上げ、ようやく城の中へと戻る。

突然訪れた嵐が水軍を根こそぎさらっていったことで城内もまだ混乱してはいたが、走り回っていた鬼たちは、神威の腕に抱かれた桃霞を見ると、皆一様にハッと顔を引き締め、深々と低頭した。その中には、桃霞を犯した鬼の姿もあった。

「神威様、おめでとうございます」

「やっと双月が目覚められたのですね」

「ああ。人間共を追っ払ったのはこいつだ」

神威がそう宣言すると、鬼たちの間から歓声が上がる。桃霞はひどく気恥ずかしくなり、思わず俯いてしまった。

指揮所に入ると、真っ先に音斬が駆け寄ってくる。彼は桃霞の角を見ると、はっとしたように顔を引き締めた。

「双月が目覚めたそうだな」

「見ての通りだ」

「どうにか間に合ったか……」

神威は指揮所にある椅子に桃霞を座らせると、さて、と言ったふうに息を吐いた。

「お前には、わからないことだらけだったと思う。無駄に混乱させたり、ひどい目に遭わせたりして、悪かったな」

「……そ、そんなことを、今更言われても……」

改めて謝罪されると、どうしていいのかわからなくなる。それも、こんな大勢人のいるところで。

「お詫《わ》びになるかわからないけれど、全部お話ししますよ」

肩を竦めた音斬に、神威が頷いて桃霞に視線を戻した。

「俺たちは、ずっと人間たちに捕らわれていた。この海に」

鬼は、そもそも人間とは、あまり深く関わらないで生きていこうとしていたのだ。

先祖から代々住み続けているこの島で、自給自足の生活を基本とし、たまに人に化けて都へ行商に行ったりする程度だった。

「だが、この島で採れる草や木の実は、非常にいい薬の原料となる。その頃、都ではタチの悪い疫病が流行っていて、奴らはこの島で作る薬がどうしても欲しかった」

ある日、政府の高官が鬼と接触し、それを都で流通しないかと話を持ちかけてきたらしい。

「薬は実際、いい値段で売れた。でもそれが間違いの元だった」

音斬が神威の言葉を続けて話す。

「最初は人間共もありがたがって俺たちから薬を買っていた。だが、奴らはそれを研究して、自分たちだけでもそれを作れるようになっていった。そうすると、人よりも強い力を持ち、だが人でない俺たちをだんだんと疎んじるようになっていく」

人は弱い生き物だ。欲の誘惑に簡単に負けてしまう。彼らは術師を使い、鬼たちをこの海域に閉じ込めてしまったという。

「あのからくりがそうなのか」

「ああ。あれはもう、百年動いていない」

桃霞が爆薬を仕掛けようとしたあの部屋にあった、巨大な装置。それを凍結され、彼らはもう百年もここにいるのだ。もともと好きな場所に移動できるはずが、術者によって束縛されて。

「中には人間共と戦おうっていう声もあった。だが、そうなったらこちら側にも少なからず犠牲は出るだろう……。やつらの仲間は俺たちよりはるかに多い。遺恨を残せば、人間は必ず復讐してくる。慎重すぎると叩かれても、俺はそれを許可することはできなかった。双月のことも信じていたしな」

「双月……」

繰り返すと、神威は大きく頷いた。

「古い言い伝えだ。ふたつの性を持つ鬼のことを指す。それは大きな力を持ち、俺たちを救ってくれる。――そして俺は、双月の伴侶となる運命を持って生まれた鬼だ。易読みがそう予言した」

神威だけが、桃霞の存在を感じ取ることができる。だから彼はずっと待っていてくれたのだ。遠い人里で生まれ、寂しい日々を生きてきた桃霞のことを。

「それが私のことだとして、どうして人里で育ったんだ?」

あれだけ手ひどい傷を負った神威や自分を治したり、嵐を呼んだり、それが自分がやったことだという自覚はあるが、それでもまだ半信半疑だった。やはり、人として育てられた時間が長かったからかもしれない。

「双月は人と鬼との間に生まれる。……が、本来、俺たちと人間との間に子ができることはない」

遠い昔、ある帝の血を引く姫と鬼との間に愛がめばえ、二人は交わった。本来子ができることはないはずの姫は、鬼の子を身ごもることとなる。だが、生まれたその子は、角も力もないまったく普通の人間だった。

それでも懐妊したということは、鬼の血が眠っているということだ。それは長い間ひっそりと沈黙し、忘れ去られた頃に、常人にはありえないふたつの性を持った桃霞が生まれた。

「俺たちと人間との間には、とある契約が交わされていた」

たとえこの海に縛りつけられようとも、鬼たちは双月だけは諦めなかった。もしも鬼と交わった姫の血筋の中にふたつの性を持つ赤ん坊が産まれたら、その子が十八になるまでに鬼に引き渡すと。

「どうして十八まで待っていたんだ」

生まれてすぐにこちら側に来ていたならば、あるいは寂しい思いはしなくて済んだのかもしれないと思う。だがそれを言うと、神威はすまなそうな顔をして答えた。

「本当はそうしたかった。が、あらゆる理由をつけてのらりくらりとかわされてな。人間たちは、双月を俺たちに渡したくなかったんだ。まあ当然だがな」

強大な力を持つ双月が戻れば、鬼たちは自分たち人間に復讐《ふくしゅう》をするかもしれないと思ったのだろう。それでも、どんなに遅くとも十八までには返せと約束させた。それ以上人の世界にいると、『穢《けが》れ』がついてしまうからだ。人間たちにはひた隠しにされていたが、穢れにまみれてしまった双月は、その力を失ってしまう。さりとて人は鬼の祟りを恐れて、双月を殺すこともできなかった。

「この条件を呑まなければ、総攻撃をするとまで脅したよ。ここだけは譲れなかった。ギリギリだったんだ」

開戦もやむなし、という鬼たちの態度に、人間は渋々それを呑んだ。

「だから、お前は封印されていたんだ。何度も術をかけられていた覚えはないか？」

何度も繰り返しかけられた術。それを思い返して、桃霞はあっと目を見開いた。

「お経……」

子供の頃から、何度も聞かされた叡現の読教。

おそらくはそれが、桃霞の双月としての能力を封じ込めていたのだろう。成長するに従って目覚めようと足掻く自分を、教を隠れ蓑《みの》にして術をかけることで無理やり抑えていたのだ。

だからあの教はやけに耳障りで、頭痛がしたのだ。

「だが、目覚める前の不安定な状態のお前では、その術がいつ解けないとも限らない。だから素直にお前を返す振りをして、その機に乗じて俺たちを一網打尽にしようと思ったんだろう」

神威は事の顛末《てんまつ》をそう話した。

「目覚めさせるには、理性の壁を崩すのが一番効果的だ。お前を抱いたのは、そういう理由だ」

「――――」

その時桃霞が微妙な顔をしたのを、神威は気づかないようだった。彼は自分がかけていた翡翠の首飾りを外し、それを桃霞の前で広げてみせる。

「これは、王の証。これからはお前が俺たちを導け」

「えっ……？」

それを首にかけられ、髪を直されて、桃霞は動揺した。いきなり鬼の王となれと言われても、どうしたらいいのかわからない。

「ちょっ…、待ってくれ、いきなりそんなことを言われても困る。最初は花嫁になれと言われて、次は王なんて……」

「俺の妻になるのは、嫌か？」

優しい顔で言われて、桃霞はぐっと言葉に詰まる。そういう目をするのはずるい。

「……そんなことはない。そのつもりで来たから……」

神威はニッと笑うと、大きな手で桃霞の頭を撫でた。思えば最初から、この温かい手は好きだった。

「心配するな。実質的なことはこれまで通り俺がやる。お前はただ、ここで、俺の側にいてくればいい。さんざんひどいことをしておいてと思うが……」

熱く見つめられ、桃霞の顔も一緒に温度が上がってしまう。陵辱されたことは確かに口惜しかったが、それも自分を目覚めさせるためと思うと、頭から怒れないような気がした。

「そ……そういうことは」

「ん？」

「そういうことは、こんな人のいる場所で——言わないでくれ」

頬に血を上らせて、そっぽを向く。神威は一瞬呆気にとられて桃霞を見ていたようだが、やがて何が嬉しいのか、満面の笑みを浮かべて言った。

「わかった。なら、今夜」

戦いの後始末は思ったよりかかったようだった。

神威はあれから島の被害状況を確認すると、その修復準備などに奔走し、桃霞のもとを訪れることができたのは夜も更けた頃になっていた。これでも、早く行ってやれと音斬に現場を叩き出されたのだという。

「起きているか？　遅くなってすまなかったな」

「いや、大丈夫だが、疲れているのではないか？」

桃霞は一度に大きな力を解放してしまったせいで、実際に疲労していた。そのため、部屋へ戻ってからついさっきまで懇々と眠り続けていたので、むしろ今は頭も身体もスッキリしている。ずっと動いていた神威の方が大変なのではないかと思うくらいだ。

「これくらいでへばったりはしない。鬼だからな」

寝台に腰かけた神威が、桃霞の角にそっと触れる。それを受けて、昼間の彼の言葉が脳裏に思い出された。それを思い出すと、どうしても心に引っかかるものがある。

「昼間の……ことだが」

「どうした？」

うまく言える自信がなくて、口を噤みがちになってしまう。桃霞はこれまで、自分の気持ちを他人に伝えるということを、ほとんどしてこなかった。

「……私を娶るのは、私が双月だからか？」

だからつい、婉曲《えんきょく》な言い回しができずに直球になって、桃霞は言ってから慌ててしまう。これではまるで拗《す》ねているようではないか、という気持ちと、あんな目に遭わされたのだからこのぐらい拗ねてみせてもいいだろう、という気持ちがないまぜになっていた。

「……俺はもう、百年ほど生きてはいるが」

話しはじめた神威に、桃霞は目を丸くした。なんとなく、見かけ通りの年齢ではないのではと思ってはいたが、そんな長い時を過ごしていたとは。

「俺が双月を娶らなければならないと聞いて、最初は正直気が進まなかった。確かに双月は俺たちにとって救いの存在だが、それとこれとは違うんじゃないかってな。お前もそうだったろう？」

鬼の花嫁になれなんて言われても、納得はできなかったんじゃないのか？　と聞かれ、桃霞はおずおずと頷く。たしかに桃霞の場合は、嫁ぐことよりもその相手が鬼だということが問題だった。

「だが、易読みに鏡でお前のことを見せられてから、ずっとお前の成長を気にかけていた。寂しそうな顔をしたお前が早く自分のもとに来ないかとどんな思いで待っていたか。

――まあ、知らなくとも仕方ないか」

苦笑混じりに神威が話す。

「俺は、双月がお前でよかったと思っている。だからたとえ、お前が目覚めなくともいいと思っていたんだが――、立場上、微妙でな。悪かった。つらい思いをさせたな」

水軍が攻めてきた時、だから彼は逃げろと言ってくれたのだ。自分を死なせないために。

「っ！」

抱き締められ、桃霞は声を詰まらせた。身体がカアッと熱くなり、動悸《どうき》が激しくなる。思えば、これまで生きてきて、こんなに鮮烈な印象を残す男はいなかった。それこそ焼き印でも押したかのように、神威の存在はもう自分の中に痛みを伴うほどに焼きつけられている。

「好きだ」

「……神威」

「ずっと好きだった。もうあんな目には遭わせない。許してくれ、桃霞」

そこまで全面的に降伏されると、桃霞はどうしていいのかわからなくなってしまう。頭の中がぼうっとなって、心地よい感覚に包まれる。

「もういい。……この先ずっと、お前だけが抱いてくれるのなら」

広い背中に腕を回し、ため息をつくように囁いた。次の瞬間、苦しいほどにきつく抱き竦められ、桃霞は声を呑む。

「もちろん。――昼も夜も。俺とお前の気が済むまで」

体重をかけられ、ゆっくりと身体が押し倒される。寝台に沈められ、桃霞は恥ずかしさに目を閉じた。


「……っ、ふ、ぁ…ん…っ」

互いに絡ませ合った舌が、くちゅくちゅと音を立てる。

まさか接吻がこんなに快楽をもたらすものだと知らなくて、桃霞ははしたなく揺れそうになる腰を必死になって抑えていた。

「んんっ」

ちゅう、と舌を吸い込まれ、興奮のあまり目尻に涙が浮かぶ。思わず自分から顔を傾けて応えてしまい、恥ずかしいとは思ったが止められなかった。

「あぁ…ふっ」

一時口づけが解かれて、桃霞は気持ちよさそうな喘ぎを漏らす。はだけられた胸の上では神威が指先で乳首を弄っていて、桃霞に絶え間ない快感を与えているのだ。

「う、うぅ…や」

「乳首が好きか？」

唇の端に口づけられ、優しく囁かれて、桃霞はこくこくと頷く。もう、すぐにも蕩けてしまいそうだったから、素直になるしかなかった。

「ん、ん、胸…の先が…、痺れ、そう、に…っ」

突起の周りを優しく円を描くように撫でられたかと思うと、ふいに弾くように刺激される。そのたびにたまらない感覚が胸から全身へと広がってゆくのだ。

「また、ここだけでイってみるか？」

「……いや、はず、かしい…っ」

ぷっくりと膨らんだそれをくにくにと揉まれながら囁かれて、桃霞は悶えんばかりの羞恥に襲われてしまう。

「…っ神威は…それが見たいのか…？」

「俺は、お前が感じているところが見たい」

神威の声も、低く上擦ったように掠れている。彼もまた、興奮を隠そうともしていなかった。

「全部見せるから…、今日は、ここを舐めて、ほし…っ」

神威の手を取った桃霞は、それを自分の下腹部へと導く。すでに勃ち上がり、彼の身体に触れるほどに隆起した男のものに触れさせると、物欲しげに腰を揺すった。

「ああ、わかった。いい子だな」

神威は桃霞の瞼に口づけを落とすと、その両脚を大きく左右に広げてきた。隠すもののない場所が奥まで見えてしまうのに、桃霞は恥ずかしさのあまりきつく目を閉じる。だが、そこに感じる絡みつくような視線さえ快感だった。

「もうずぶ濡れだ」

見なくとも、なんのことだかわかっていた。もう痛いほどに張りつめた屹立は先端から蜜液を滴らせ、その奥の女陰もまた、過ぎるほどに潤っている。

「お前は本当に可愛いな……。全部舐め尽くしてしまいたくなる」

「ん、うう!」

舌先で屹立の先端を舐められ、腰が跳ね上がった。そのままじゅぷ、と音を立ててゆっくりと銜えられ、泣きたくなるような快感が広がる。

「は、あ…ん…、あぁ…っ」

桃霞の身体はどこもかしこも鋭敏だが、中でも特に弱いところを熱い口腔でねぶられ、吸われて、腰骨が蕩けそうなほどの愉悦に狂わされた。いやらしい声が勝手に出てしまって、止まらない。

「……また、潮を噴かせてやろうか?」

「ん、や、やぁっ…、あれは、やだ…っ」

あんな恐ろしい快楽を、続けざまに与えられてはたまったものではない。雄芯をちろちろと嬲られながらからかうように煽られて、桃霞は啜り泣きながら悶える。

「嫌いか?」

「…っ嫌いじゃ、ない…けど…、あ、あっ」

神威がしてくれるなら。

切れ切れにそんなことを訴えると、彼の指が女陰の中に入ってきて、内壁を擦り上げてきた。

「ひゃ、あっ! あっあっ…」

「そうだな。また今度、ゆっくりとな。今日はこのまま可愛がってやる」

男のものと女の部分との両方を責められ、桃霞は敷布の上で背中を反らせて震えた。腰の奥が熱くてたまらない。神威の舌が屹立にねっとりと絡みつくと、桃霞は我を忘れてかぶりを振った。

「んんぁっ、あ、あっ、気持ちいい…っ、あ、イく、ぅ…っ!」

中に埋められた指も、弱点を狙ってまさぐってくる。頭の中に稲妻が走ったような気がして、桃霞は次の瞬間、快楽の悲鳴を上げていた。

「あ…あ、ふぁああ……っ!」

がくん、がくんと身体が震える。

肉体の芯が引き抜かれそうな感覚と共に、桃霞は神威の口中に熱い精を解き放っていた。

「んん、んんー…っ！　ふ、あぁ…っ」

足先まで痺れるような余韻は、桃霞の思考をも甘く蕩かせる。

神威は丁寧に後始末をしてくれるのだが、達した後のそれはたまらなくくすぐったくて、桃霞は小さい悲鳴を上げながら身を捩った。

「や…っ、あっ、はぅ」

力の入らない腕で苦労して上体を起こし、神威の顔をそっと上げさせる。訝《いぶか》しげに桃霞を見上げてきた彼の唇に、桃霞は静かに口づけた。微かに自分のものの味がする。俯くと、逞しくそそり立つ神威の凶器がちらりと目に入った。

「…わ、私も、したい…」

真っ赤になってそう訴えると、彼はまるで悪戯っ子のような笑みを浮かべ、音を立てて接吻を返してくる。

「してくれるのか？　嬉しいな」

そう言って座り込んだ彼の脚の間に、桃霞は顔を寄せて落ちてくる髪を手で押さえた。いかにも猛々しいそれにどきどきしながら、口淫をするために口を開ける。

「…んっ…」

それは火傷《やけど》しそうなくらいに熱く、迎え入れるとすぐに膨れ上がって圧迫せんばかりになった。意識して喉を開くようにして、口腔の粘膜で彼を締めつけるように頭を上下させる。すると上から熱く長いため息が降ってきた。感じてくれているのだと嬉しくなる。

「…は、あ…っ」

怖いくらいの硬度を蓄えたそれを一度口から出して、桃霞はそそり立つものに舌を這わせた。はしたなく、音を立てて。とてつもなく恥ずかしかったが、こうすれば彼が悦ぶような気がしたから、夢中でした。

「興奮して、どうにかなりそうだ」

「っ……」

神威の先端を口に銜えたまま、桃霞はちらりと彼を見上げた。神威は汗ばんだ額から髪をかき上げながら、満足そうな表情で見下ろしている。その男っぽい凄艶《せいえん》さに、身体の奥がきゅうっと疼いた。

「お前も一緒に気持ちよくしてやる」

神威は桃霞に顔を上げさせると、身体を逆向きに跨ぐように指示した。

「そ…っ、そんな格好したら」

「全部見えるな」

できない、と言いたかったが、彼がしたいことなら全部してやりたかった。桃霞は震える手脚を叱咤《しった》しながら、どうにか神威の言いつけ通りの格好になる。彼の顔の上で四つん這いになっているような状態なので、下から丸見えだ。彼の青灰色の瞳には、きっとすべて見えてしまっている。興奮にまた勃ち上がっている男のものや、濡れて震えて開ききっている女の蜜壺。そして、奥まった部分でヒクついている後孔が。

「やっ」

下からくちりと女陰を開かれ、思わず顔を上げる。

「さっきみたいに、続けろ」

「で…、でも」

「俺をイかせない限り、ずっとこのままだからな。朝までこうやって悪戯してるぞ?」

伸ばされた舌がれろりと舐め上げてきて、その瞬間、桃霞は腰が抜けるかと思った。

「は、あっ…ひぃっ」

だが、下からがっちりと神威が腰を支え、桃霞は彼に好き放題に花びらや、その奥を舌でかき回されてしまう。

「ふぅっ…うんっ…!　い、いいっ」

ぐん、と反らされた桃霞の背がぶるぶると震えた。

――このままじゃまずい。

これでは一方的に翻弄《ほんろう》されるだけで、本当に延々と嬲られてしまう。

桃霞はなんとか片手に握った神威のものを口に銜えると、彼を果てさせようと懸命に頭を上下させる。だが、男根に口内の敏感な粘膜を擦られ、そこでも快楽を得てしまうのにはどうしようもなかった。

その間も神威の悪戯はますますタチの悪さを増して、桃霞の張りつめた屹立を指先で撫で上げたり、あるいは後孔の入り口を指先で揉み込んだりしている。

「ん、んんんっ、…ふっ、うぅ、う――――…っ」

もはや必死に舌を絡め、吸い立てながら、桃霞は下半身を支配する快感に咽び泣いた。神威の舌は、いまや女陰の中に潜り込んで蠢いている。

「……っ!」

そのうち、やっとのことで、彼が口の中で果てる気配がした。桃霞はもはや形振り構わずに舌を使い、そのまま神威を追い立てる。

「……っ、ん――――っ、ぅ」

口中に放たれた熱いものを、桃霞は夢中で飲み下した。これで許してもらえるという安堵感よりも、神威が自分の奉仕で達してくれたということの方が嬉しい。

「はあ……はあ…」

口から出してもまだ芯を保ったままのものに、自分がされたように丁寧に舌を這わせる。

やはりくすぐったいのか、背後で神威が忍び笑うような声が聞こえた。

「あっ……」

腰を引き、起き上がった神威に、桃霞は体勢を崩してしまう。力尽きたように敷布に突っ伏してしまった細腰を、ぐい、と持ち上げられて背後から膝を割られた。

「どっちに入れて欲しい？」

「…ああっ…」

蕩けきった女陰と、解れた後孔の入り口を順番に凶器の先端で捏ねられ、桃霞は敷布をかきむしる。

「…ど、どっちもっ…、欲しいっ」

「悪いが一度には無理だな。まずどっちからだ？」

神威はもっともっと自分にはしたない言葉を言わせたいようだ。彼が望むことならできれば応えてやりたいが、あまりに奔放に振る舞いすぎるのはやはり恥ずかしい。

そうは言っても、さっきまでずっと舐められていた蜜壺はひっきりなしに収縮している。早くここに大きいのを入れて、かき回して欲しい衝動に、桃霞はたまらず自分の指をそこへ持っていった。

「さ、最初は、こっちにっ…」

羞恥で泣きそうになりながら、わざと神威に見えるように、女陰を二本の指で押し開く。くち、と音がして、溢れた蜜がとろりと滴っていった。

「い、れて、——ぐちゅぐちゅに、してっ」

「────っ」

背後で、何か息を呑んだような気配がする。乱暴に尻を掴まれたかと思うと、長大な男根が、待ち望んでいた場所にいきなり突き立てられた。

「ふぁあっ、…あ、あ────…!」

さんざん焦らされたところに強烈すぎる快感を与えられ、桃霞は最初のそのひと突きで達してしまう。絶頂に痙攣する場所を構わずかき回され、思わず泣きじゃくるような声を上げてしまった。

「んあっ、あっあっあっ…! 気持ち、いい…っ!」

男を受け入れるように、丁寧に拓かれ、快感を覚え込まされた場所。そこが今、神威の怒張を精一杯に呑み込み、奥へ奥へと誘うように蠢いている。

「お前の中で、うまそうにしゃぶられてるみたいだ…っ」

神威は腰を使いながら、桃霞の前に手を回してきた。前への快感で硬く張りつめた屹立を捕らえ、動きに合わせて扱き上げてくる。

「ふあ、あんんっ!」

同時に与えられる快感で、頭の中が真っ白だった。

「や、あっ…だ、い、イっちゃう、また、また…あっ!」

感じすぎてわけのわからないことを口走っているようだが、自分ではよく把握できない。

結局神威が再び達するまでに桃霞もまた達し、膣奥に叩きつけられた迸りで気が遠くなるような愉悦を味わわされた。

「はあっ…、ああぁぁ…」

今度こそ力の抜けた四肢が、敷布に沈み込む。指の先までも甘い痺れに侵されてジンジンと脈打っていた。これ以上感じさせられたら、いったいどうなってしまうのだろう。

「桃霞」

「あっ…！」

くるりと身体を返されて、神威が覆い被さってくる。男らしい艶のある、端整な顔。彼は愛しい鬼。

「俺の双月」

口づけられ、舌先を突かれて、桃霞は自らも接吻を求める。

「……神威…、神威」

脚が持ち上げられ、後孔に衰えぬ逞しさを持つものが宛《あて》がわれた。入り口を押されると、それだけでずくん、と疼いてしまう。

「は、ア、す…好きっ…、すき、あっ、――――っ！」

奥まで入れられて、桃霞は背中を仰け反らせてぶるぶると震えた。後ろで受け入れるのは、前を使うのとはまた違った。苦しいほどの快感がある。

「俺も、愛してる」

「…んぅ…」

ゆっくりと揺らされながら囁かれて、桃霞は二重の悦びに甘く呻いた。胸の奥が締めつけられて、肉体が気持ちいいのか心が反応しているのか区別がつかない。目尻から涙がぽろぽろと溢れて、こめかみを伝った。

「…そんな、可愛い顔をするな」

「…あっ、あっあっあっ…!」

力強く打ち込まれ、神威の背中をかき抱きながら悶える。灼熱《しゃくねつ》の凶器が、その長大な威容でもって桃霞の媚肉を責め上げてくるのに、耐える術を少しも持たない。

「は、あ…っ! あぁんっ! そ、そんなにっ…、そんなに、したら、ああっ、だめにっ…!」

「気持ちいいのか?」

神威が腰を使うたびに、ちゅ、ぐちゅ、と卑猥な音が漏れる。時折彼の張り出した部分が一番我慢ならないところを抉るたびに、背中が浮いてぶるぶると震えた。

「あ、あんっんっ、き、きもちい、お尻…も、すきっ…!」

もうわけがわからない。頭の中がぐつぐつと煮え立ち、全身の肌がぴりぴりと過敏になる。入り口から奥まで擦り上げてくる神威のものが何度目かに桃霞の弱いところを突いた時、

身体がバラバラになり、呼吸も止まるような快感が襲ってきた。

「ああ、あうぅ…っ！　ア、い、イぃ…っくぅ…っ、――――っ！」

全身がびくんびくんとわななく。互いの下腹の間で押し潰《つぶ》されていた桃霞のものから白い蜜が弾け、絶頂へと連れ去られた。

「くっ…そ、また、持っていかれる…！」

身体が望むままにきつく締め上げた神威のものからも、何度目かの熱い精が吐き出された。それが極限まで感じやすくなっていた内壁を濡らし上げ、たまらない感覚を桃霞にもたらす。

「あっ、あっ、熱っ…！　んん、ふぅう――――…っ！」

その時、ぷしゃあっ、と女陰から透明な愛液が迸り出た。

「ああっ、いやだあっ…！」

「っ……!?」

予想外の事態に、桃霞は動揺した悲鳴を上げる。どうにかしたくとも、終わらない絶頂の中ではどうすることもできない。結局桃霞は、後ろで極めたまま、前で潮を噴き上げるという恥ずかしいことになってしまった。

「うっ…、ああっ…」

「可愛いな、お前は――――。ああ、気にするな」

粗相したも同然の桃霞に、神威は涙に濡れた頬を拭ってくれた。いったい何が嬉しいのか、ひどく上機嫌なように見える。

「それだけ気持ちよかったんだろう?」

「………」

否定できない。

桃霞は後始末される最中も、余韻が強すぎてろくに動けなかったため、終始されるがままだった。

「すまない……」

「お前は俺が傅《かしず》くべき相手だ。こんなことは、別になんでもない」

顎を取られて目尻に口づけながら、神威は本当になんでもないことのように言う。

「本気なのか」

「何がだ?」

裸の桃霞の首には、翡翠の首飾りだけがかかっていた。それはまるで前もってあつらえたかのように、細い首を飾っている。

「私が王だなんて」

「本気も何も、そう定められている。俺は本来、王を護り補佐するための存在だ」

神威は昔から、自分を待っていたのだという。だとすれば、桃霞が鬼のことなど何も知らなくて、未だ目覚めない時はどんな思いでいたのだろうか。

それを思うと、少し申し訳ない気分になる。

桃霞は自分の頭の角にそっと触れた。彼が美しいと言ってくれた角。人間でなくなってしまったというのに、不思議と嫌悪も悔恨もなかった。まるで、あるべき姿に戻ったかのように。

「いろんなことを教えてくれ。島のこと、鬼のこと――――、それから、お前のことを」

「桃霞……」

「時間は、たっぷりあるんだろう?」

鬼の寿命は長いという。それならば、彼と心を育《はぐく》む時間も、きっとこれから取れるだろう。今は少し身体の方が優先になってしまっているけれど。

そう言うと、神威はどこか眩《まぶ》しそうに桃霞を見つめてきた。なめらかな膝に触れ、慈しむようにふくらはぎから足の甲へと手を滑らせていく。

「あっ――――」

神威は、まるで宝物を捧げ持つように桃霞の足を両手に取った。

ゆっくりと頭を下げ、唇を白い甲へと落としてゆく様を、桃霞は息をつめて見つめる。

「いくらでも」

新緑色の翡翠が、薄闇の中できらりと光った。

「お前に永遠の忠誠と愛を」

熱い唇の感触を足に感じて、桃霞はその美しい口元に、うっすらと微笑みを浮かべた。


大勢の鬼たちが集まる中で、神威と桃霞はその巨大なからくりを見上げている。

傍らには島の技術者と、それから音斬がいて装置を調べていた。

長い間、都の技術者によって封じ込められていた、島を動かすからくり。

桃霞が目覚めたことにより、術は破られたという。

あの時、天候すら変えてみせた力は、島の大気に多大な影響を与えた。それは桃霞の力と共振し、装置を凍結していた術に干渉して、見事破ってしまったという。百年の間に少しずつ術の効力が弱まっていたせいもあったのかもしれない。

だが、実際に動かしてみるのはこれが初めてだ。

都の水軍による攻撃の被害は軽微とは言いがたかったが、神威が陣頭に立ち、懸命に復興を行ったことによって、どうにか七割方は修復できてきている。そのせいで祝言が遅れてしまうことを詫びられたが、儀式を取り仕切るという長老に畏《かしこ》まって謝罪され、桃霞は何を言ったらいいのかわからなくて困ってしまった。桃霞はまったく気づいていなかったが、最初に音斬と共に自分の術のかかり具合を確かめていたのは、この長老だったらしい。言われてみれば声と話し方には聞き覚えがあるような気がする。

そして今日、この装置が動けば、いよいよ祝言が行われる。

百年ぶりに移動できるか否かの分かれ目に立ち、誰もが固唾《かたず》を呑んで見つめていた。

「――――では、作動させます」

「ああ。頼む」

神威が頷くと、技術者が鎖を巻き取る装置をゆっくりと動かしはじめる。どういう仕掛けになっているのか桃霞にはわからないが、からくりに巻きつく太い鎖を、この端末で動かすらしい。

「――――」

ギィ、という音が聞こえたのは、それから少ししてのことだった。

表面に付着していた錆《さび》がぱらぱらと落ち、大人の鬼の胴体はあろうかと思われる鎖が震えはじめる。やがて、ゆっくりとそれが動きはじめ、鎖は次第に速度を上げて動いていき、轟音が響き渡る。

「おお……」

「動いたぞ！」

目の前の光景に、桃霞は思わずほっと息を吐き出す。足元が地震のように揺れ出すと、神威がそっと支えてくれた。

「動き出す時は少し揺れるそうだ。気をつけろ」

「ありがとう」

「百年ぶりだからな」

見つめてくる瞳に微笑みを返すと、桃霞は再び前を向いた。からくりは本格的に動き出し、まるで船に乗った時のように、一瞬、足元がすう、と流れるような感覚がした。

部屋が歓声に包まれる。

皆、肩を叩き合い、それまでの苦労をねぎらっているように見えた。

「おめでとうございます。桃霞様、神威様」

長老が前に進み出て、二人に言祝《ことほ》ぎを述べる。

「これで祝言が挙げられますな」

「ああ。この時を待っていた。――――桃霞、どこへ行きたい？」

「え？」

「島をどこへ動かす？」

急に聞かれても、桃霞には咄嗟に思いつくことができない。何せこれまで海どころか、狭い里の中でしか生きてこなかったのだ。

「皆が幸せに暮らせるところなら、どこへでも」

少し考えてそう告げると、神威は大きく頷いて宣言した。

「南へ百里。しばらく人間はごめんだ。ほとぼりが冷めるまで、姿を隠すぞ」

鬼たちの間からどっと笑い声が聞こえる。桃霞もまたつられてくすくすと笑うと、神威がそっと顔を寄せてきた。

「………」

皆がいるのに。

そう思ったが、気分がよかったので、桃霞はそのまま瞳を閉じる。

「大切にする」

唇が重なる直前で神威はそう囁き、すぐに熱い口づけで桃霞の唇を塞いだ。

あとがき

こんにちは。西野花です。シャレードさんではちょっとお久しぶりです。

『鬼の花嫁～仙桃艶夜～』を読んでくださってありがとうございました！

今回書きましたふたなりものは、もうずいぶん前から挑戦したかったのですが、どこのレーベルさんでもなかなか「いいよ」と言ってくださらなくてですね……。

私は割とどちらさまでも野放しにされてる方なのですが、さすがにこれだけはなかなかOKが出ませんでした。しかし、「もしかして、シャレードさんならいいって言ってくれるかも……」と思い、「あの、ふたなりとかどうですかね……」と恐る恐る打診してみましたら（嘘です。もっと軽いノリでした）案の定爆笑されまして。

まあ笑うしかなかったんでしょうが、それでも、「プロット見てあげてもいいですよ」と奇跡の言質を取りつけましたので、わーいと喜びいさんで送りました。

そしてご覧の通りの「桃から生まれたアレ」テイストの話ができあがったわけなので

すが、書いた私は満足です！

あとは読んでくださった方が少しでも萌えてくだされぱいいなと思います……。

サクラサクヤ先生、とんでもない話に美しい絵をつけてくださり、本当にありがとうございました！　桃霞の角はニホンカモシカをイメージした、と聞いた時は、思わず「なるほど！」と唸りました。

担当さまも、根気強く面倒みてくださりありがとうございます。本当にアレな作家ですみません……。

去年は必死に原稿を書いているだけで一年が終わってしまったような気がします。そしてこの遅筆さはなんとかならないものでしょうか。多分集中力の問題だと思うのですが、一度くらい周りの音が耳に入らなくなるくらい集中してみたいものです。

これからもマイペースですが、がんばります！

それでは、またお会いできましたら。

http://park11.wakwak.com/~dream/c-yuk/index3.htm

Twittet：http://twitter.com/hana_nishino

西野　花

西野花先生、サクラサクヤ先生へのお便り、
本作品に関するご意見、ご感想などは
〒101-8405
東京都千代田区三崎町 2 - 18 - 11
二見書房　シャレード文庫
「鬼の花嫁～仙桃艶夜～」係まで。

本作品は書き下ろしです

CHARADE BUNKO

鬼《おに》の花《はな》嫁《よめ》～仙《せん》桃《とう》艶《えん》夜《や》～

【著者】西《にし》野《の》花《はな》

【発行所】株式会社二見書房
東京都千代田区三崎町2-18-11
電話　03(3515)2311[営業]
　　　03(3515)2314[編集]
振替　00170-4-2639
【印刷】株式会社堀内印刷所
【製本】ナショナル製本協同組合

ISBN978-4-576-11009-7

http://charade.futami.co.jp/

CHARADE BUNKO

スタイリッシュ&スウィートな男たちの恋満載

西野 花の本

白蜜花嫁

上と下と……、どっちを先に射精させて欲しい？

イラスト＝立石 涼

家業を継ぎ、小さな神社を守る神職の朔。幼馴染の昭貴は以前、朔に振られたにもかかわらず口説くのをやめようとしない困った御曹司。しかし大事な氏子ゆえ邪険にもできない。そんな中、五十年に一度の例大祭を迎え、朔に告げられた驚愕の役目とは……。秘祭中の秘祭『白の例祭』がはじまる——！

CHARADE BUNKO

スタイリッシュ&スウィートな男たちの恋満載

丸木文華の本

てっちゃん、今入れてるのはどっちだかわかる？

三人遊び

イラスト＝丸木 文華

高校二年の夏。哲平は幼なじみの京介と滋と体の関係を持ってしまう。遊びのルールは一つだけ。三人でプレイすること。はじめての体を二人がかりで開発され、激しい快楽に溺れる日々。しかし、恋愛に憧れる哲平は告白してきたクラスメートとつき合うことに…。ヤンデレたちの饗宴ループ。

CHARADE BUNKO

スタイリッシュ&スウィートな男たちの恋満載

早乙女彩乃の本

唯一の雌を巡っての、危険な恋の駆け引き

恋人交換休暇

～スワッピングバカンス～

イラスト＝相葉キョウコ

浮気性な恋人・毅士の提案で南の島へスワッピングバカンスに行くことになった矢尋。同行カップルはバーで知り合った理久と智。理久に運命的な出会いを感じる矢尋だが、本気にならないのがバカンスのルール。独占欲の強い毅士に理久の眼前で辱められ、羞恥と裏腹の官能に咽び泣く矢尋は――。